# 幕末の大津波

野田 周

東京図書出版

ペトロパブロフスク
ニコライエフスク
樺太島
クシュンコタン
ウラジオストク
択捉島
箱館
日本海
江戸
対馬
下田
上海
長崎
大坂
南京
東シナ海
太平洋
小笠原島
琉球
香港

幕末期の東アジア

幕末期の伊豆

# 幕末の大津波 ◒ 目次

# 一、初代ロシア領事の着任（一八五八年）

後に幕末と呼ばれる江戸時代の末期、当時の幕府の最高権力者であった井伊直弼《いいなおすけ》が安政の大獄と呼ばれる反対勢力への処罰を始めた安政五（西暦一八五八）年九月、蝦夷地（現在の北海道）の箱館（現在の函館）に外交官一行が船から降り立ちました。

外交官の名はゴシケーヴィチ、この物語の語り部である私です。ロシアから最初の在日領事としてやってきました。領事というのは貿易の促進や自国民の保護などを行うために他国に派遣される役人です。当時はロシアから外交交渉もできる公使（現在の大使）は派遣されていなかったので、私が務める領事は日本でロシア政府を代表する唯一の役職だったのです。

私たちにとって箱館に到着するまでの道のりは、それはとても長いものでした。フィンランド湾に面したロシアの都サンクトペテルブルグ（以下、ペテルブルグ）から日本の箱館まで、西から東へ距離にして一万キロメートルにも及ぶユーラシア大陸大横断の旅でした。ペテルブルグからモスクワまでは七年前に開通していた鉄道で簡単に移動できましたが、モスクワからシベリア中心部のイルクーツクまでは馬車、イルクーツクから箱館までは大河アムール川と海を船で移動するという、九カ月にも及ぶ旅だったのです。

しかし、ようやく到着できた箱館は苦難の旅の目的地に値する素晴らしい景観の町でした。細長くくびれた半島の両側には箱館湾と津軽海峡が迫り、半島の先端には箱館山がぽつんと海の上にそびえ立っています。箱館湾は広く、まさに国際貿易をするには最適の港町でした。

箱館に到着した私たちを多くの住民たちが出迎えてくれる中で、私たちは港に近い実行寺《じつぎょうじ》と高龍寺《こうりゅうじ》という二つの寺院を仮の宿舎として与えられ、私が住むこととなった実行寺を仮の領事館としました。

私は本当の領事館を早く建てたかったので、山の斜面に広がる町の中心部に土地を手に入れるため、箱館奉行所と交渉を開始しました。市街地に領事館を建てることはロシア政府からの命令でもあったのです。

実は私にとって、日本は初めての訪問ではありませんでした。箱館にも四年前の嘉永七（一八五四）年に上陸していたのです。プチャーチンという海軍中将を団長とするロシアの日本使節団の中国語通訳として派遣されていた時のことです。

この使節団のメンバーは乗っていた軍艦が日本で大津波に遭遇して沈没するという思いもよらない辛苦を経験しながら、日本人の皆さんの温かいサポートのおかげで、日本とロシアの間に初の正式な外交関係となる日露和親条約を結ぶことができたのです。

# 一、初代ロシア領事の着任

今でも当時のことが時々思い出されます。そこで、その頃の色々な感動的な出来事を五年前に遡ってお話しすることとしましょう。

# 二、ロシア使節団が長崎へ（一八五三年）

アメリカのペリー艦隊が江戸湾入口の浦賀を訪問していた嘉永六（一八五三）年六月三日、私の国ロシアの軍艦も日本の開国を求めて香港を出航しようとしていました。パルラダ号です。パルラダ号はその九カ月前にロシアの都ペテルブルグ近郊の軍港クロンシュタットを出航していました。

ライバルとなるアメリカ艦隊の日本への出発が近いという東シベリア総督からの報告を受けて、アメリカに先んじるためにパルラダ号は急いで出航したのです。しかし、デンマーク沖で起こした座礁事故の修理でイギリスに二カ月間も滞在してしまいました。

そのイギリスで蒸気船を購入してヴォストーク（東洋）号と名付け、それからはヴォストーク号とともに二隻で地球を東回りに大西洋、インド洋、南シナ海を通って香港に到着していたのです。

当初は大西洋から西回りの航路を予定していたのですが、イギリスでの修理で難所の南アメリカ最南端が暴風の季節を迎えてしまったため、急きょ東回りに変更したのでした。当時は東回りのスエズ運河、西回りのパナマ運河はなく、それぞれアフリカ大陸やアメリカ大陸の南端の海域を通らなければならなかったのです。

パルラダ号は長さ五十三メートル、幅十三メートルで排水量が二千トンという巨艦でした。蒸気船ではありませんでしたが、当時の日本船の最大クラスの排水量が三百トン程度なので、その大きさが想像できると思います。しかし、二十年も前に造られた老朽艦でもあったので、航行中に小さな修理が何度も必要でスピードも遅かったのです。ちなみにパルラダという名はギリシャ神話に出てくる大空の女神パラスから名付けられていました。

私たちのロシア出発はペリー艦隊のアメリカ出発よりも三十六日も早かったのですが、イギリスで修理に二カ月も手間取った影響が大きく、日本への到着では遅れをとっていたのです。

私たち使節団にはロシア政府から二つの命令が下されていました。一つは日本を開国させて貿易の許可をもらうこと、もう一つは友好的な態度で交渉に臨むことでした。

香港を出発した私たち使節団は太平洋に浮かぶ小笠原諸島の父島に向かいました。

当時の日本では父島を小笠原島と呼んでいたようです。これは十六世紀末に小笠原貞頼《おがさわらさだより》という人物が島を発見したと伝えられることから命名されたのですが、その後は放棄されて日本人も住んでいませんでした。

私たちが訪問した当時の父島は国際的にはどこの国にも属さず、捕鯨船からの逃亡者たちが住み着いた島となっていたのです。父島を含めた小笠原諸島が日本領と認められるのは、この九年後に幕府が調査団を派遣した文久二（一八六二）年からとなります。

私たち使節団が父島にやってきたのは、ロシアのカムチャッカ艦隊の軍艦オリヴーツア号、シベリア開発公社の輸送船メンシコフ公号の二隻と合流するためでした。合流して四隻で江戸（現在の東京）に向かう予定だったのです。

ところが、輸送船メンシコフ公号がロシア政府から追加の命令書を携えていました。そこには使節団にとって、あっと驚く内容が二つ含まれていたのです。

一つは「江戸ではなく長崎に行って交渉する」ということでした。日本に開国を迫るには幕府が置かれた江戸に行くことが最も効果的であり、父島に四隻が集合したのはそのためでもありました。江戸から遠く離れた長崎にどうして行くように命じられるのか、私たち使節団は戸惑いました。

この突然の方針変更にはヨーロッパの著名な知日家の存在がありました。ドイツ人のフィリップ・シーボルトです。シーボルトはオランダ人と偽って長崎のオランダ商館の外科医として五年間（西暦一八二三－一八二八年）、日本で西洋医学の治療と教育のため滞在しています。ドイツに帰国後は日本を紹介した『日本』『日本動物誌』『日本植物誌』の三部作を出版して、当時のヨーロッパでは日本を最もよく理解している人物として知られていました。

そのシーボルトが、ロシアとアメリカが日本へ開国交渉の使節団を派遣すると聞いて、両国に使節団の顧問とするようにシーボルト自身を売り込んでいたのです。これに対して、アメリカは強硬に日本へ要求することを既に決めていたため、協調路線のシーボルトとまったく意見が合わないと断っていました。

一方のロシア政府はパルラダ号が出航した後になって、シーボルトをペテルブルグに招いていたのです。シーボルトの考えは日本の慣例を尊重することが基本なので、日本と友好的に交渉するには幕府が唯一の外交窓口としている長崎へ行くのがベストだとアドバイスをして、ロシア政府もそのアドバイスを受け入れていたのでした。

使節団が驚いたもう一つの政府の命令は「日本とロシアの国境を決める」ということでした。当時、蝦夷地の東の千島列島、北に位置する樺太島には人がほとんど住んでいなかったため、日本とロシアのどちらの領土なのかが明確ではありませんでした。この国境画定というロシア政府の提案は、この問題を持ち出せば日本は交渉そのものを門前払いにはできないはずで、ロシアが最も望んでいる日本の開国を断れない状況に追い込んでしまおうという、したたかな高等戦術でもあったのです。

## 二、ロシア使節団が長崎へ

さて、ここでパルラダ号に乗っていた使節団の主なメンバーの四名を紹介しましょう。

トップの団長はエフィーミー・プチャーチン。西暦一八〇三年生まれの当時五十歳、海軍士官学校を卒業後に世界一周航海も経験した海軍のエリートです。ロシア皇帝ニコライ一世の信任も厚く、武官長として皇帝の侍従団メンバーに加えられていました。

プチャーチンはイギリスがアヘン戦争で清国（清朝時代の中国）に勝利した十年前から、ロシアが東アジアでイギリスに対抗するためには日本へ使節団を派遣すべきと政府に提言し続けていました。

もともとロシアは十八世紀以降のシベリア進出で陸続きとなった清国にロシアの製品を輸出していました。しかしアヘン戦争後に上海などの海港が開かれるとイギリスの商品にロシア製品が圧倒されてしまったため、プチャーチンは日本という新しい市場に注目していたのです。しかし、プチャーチンの提案は財政難を理由に再三の延期を余儀なくされて、ようやく派遣を認められ団長を命じられていたのです。

ナンバーツーの副官はコンスタンチン・ポシェット。西暦一八一九年生まれの三十四歳と若く、オランダ語が得意で使節団のオランダ語通訳を兼ねていました。

当時の幕府は長崎の出島でオランダと清国の二カ国だけと貿易をしていたため、西洋人とはオランダ語が共通語となっていたのです。長崎で英語が研究され始めたのは、ヨーロッパがナポレオン戦争の時代の文化五（一八〇八）年にイギリス軍艦が長崎で狼藉を働いたフェートン号事件からでした。それから英語の必要性が叫ばれたようですが、私たちが訪問した当時の日本では英語はまだまだ未知の言語でした。

パルラダ号には海軍の所属以外のメンバーも乗っていました。

イワン・ゴンジャローフは西暦一八一二年生まれの四十一歳、財務省で翻訳官として勤務していましたが、勤務の傍ら文壇にもデビューしていて当時でもかなり有名な作家となっていました。

しかし財務省勤めの単調さでスランプに陥っており、プチャーチンが使節団の航海記録を作成する秘書官を募集していることを知ると自ら申し出て、財務省所属のまま派遣されていました。ゴンジャローフは途中でロシアに帰ることとなりますが、帰国した後に『日本渡航記』という貴重な記録を残しています。

そして私こと、ヨシフ・ゴシケーヴィチです。私は西暦一八一四年生まれの当時三十九歳、ロシアの西隣の国ベラルーシの出身です。ペテルブルグ神学大学を卒業してから九年間も清国に住んで北京ロシア正教会伝道本部という団体で布教活動をしました。

ロシアに戻ってからは外務省に入った直後に中国語の通訳として使節団メンバーに採用されました。私は北京に長く滞在したので中国語は得意でしたが、日本語は勉強していませんでした。使節団としては私に漢字の読み書きを期待していたのです。

## 長崎に到着

私たちを乗せたパルラダ号が嘉永六（一八五三）年七月十八日、ついに長崎に到着しました。当初予定の江戸ではなく長崎となりましたが、とにかく待ちに待った日本到着です。

私ゴシケーヴィチは当時の日本ではロシアをオロシャと呼んでいることを知っていたので、四隻すべてに私が「おろしゃ」と日本語の平仮名で書いた旗を掲げさせました。日本の皆さんに少しでもロシアに親しみを持ってもらおうと思ったからです。

到着すると、すぐに私たちは長崎奉行の大沢安宅《おおさわやすたけ》にロシア政府の国書を渡そうとしましたが、大沢の部下である応接掛の役人が、

「たった一通の書簡を持参するために、四隻もの船で来る必要があるのですか」

と素朴な質問をするので、副官のポシェットは、

「この書簡は国交を開くことを希望するという、とても重要なものです。だからこそ、威儀を整える必要があって四隻となったのです」

と答えました。

しかし、長崎奉行の大沢は国書を受け取ってよいかどうかを奉行の立場では判断できないというのです。大沢はすぐに江戸に手紙を送り、九日後に江戸城に届きました。

ところが、当時の江戸の幕府はそれどころではなかったようです。前月二十二日に第十二代

の将軍だった徳川家慶《とくがわいえよし》が病気で亡くなっていたのです。

この嘉永六年という年は幕府にとっては厄年でした。二月に関東南部に大地震が起こって小田原の復興に手間取っているところに、六月にアメリカのペリー艦隊の浦賀来航です。家慶は六十一歳と当時としては高齢でもあり、時の将軍として心が休まらなかったことでしょう。

家慶の葬式、次期将軍就任の準備などで江戸城内はドタバタの連続で、しかもアメリカ艦隊が六月十二日に江戸湾を去ってからわずか三十六日後にロシアの艦隊が長崎に来航したとあって、さらに大騒ぎとなったわけです。

騒然とした中ではありましたが、現在の総理大臣に相当する老中首座の阿部正弘《あべまさひろ》は前月のアメリカ艦隊の国書受領の是非で混乱した経験を教訓に、とにかく国書だけは受け取るように長崎奉行に指示を出しました。

一方、長崎の町はロシアの黒船が来たことでとても混乱していました。

当時の西洋船は木材が腐るのを防ぐためコールタールを塗って黒い色をしていたので、日本人にはその色が珍しく黒船と呼んでいました。パルラダ号も黒船でしたが、アメリカ艦隊のように黒一色ではなく、船体の横に一本の白帯が描かれてアクセントとなっていました。外見はアメリカ艦隊よりも見栄えがしていたと思います。

長崎奉行所は緊急事態として福岡、佐賀、熊本、大村といった九州北部の諸藩に大動員令を発していました。長崎の住民はオランダと清国の商船には慣れていましたが、パルラダ号のような軍艦を見るのは初めてという住民がほとんどでした。軍艦からの攻撃を恐れて、住民の中には家族を他の場所に引っ越させる者も出てきていたそうです。

長崎の町の慌てぶりとは正反対に、私たちロシア使節団は国書受け取りの返事を待たされ続け、長崎の沖合で長く退屈な日々を送ることとなりました。

日本と友好的に接するため、長崎奉行所の役人をパルラダ号に招待しては赤いワインを勧めますが、その色が人間の血に似ていると最初は躊躇していた役人たちも、飲んでみると予想外のおいしさに何杯も要求してきました。

葉巻も勧めましたが、どういうふうに扱うかが分からないようで、反対から吸い始める者もいました。パルラダ号には蒸気機関車の模型も置いていたので、その運転を役人たちに見せると、とても興味深い様子でした。私たちは日本人が好奇心の強い民族と知ったので、退屈しのぎに日本の役人を驚かすことが次第に面白くなっていきました。

私たちは食料や水、燃料を日本から購入したいと長崎奉行所に伝えますが、オランダ、清国以外との貿易を禁じられている奉行所としてはロシアと直接の商取引はできないと断られてしまいました。

苦肉の策としてオランダを仲介にして、つまり日本がオランダに売り、そのオランダが同じ物資をロシアに売ることとしたのです。何とも面倒なやり方をしたわけですが、オランダの商人は労せずして日本から安く買い、ロシアに高く売れたわけで笑いが止まらなかったことでしょう。

長い艦上生活が続くと、陸上の散策が何よりの楽しみとなります。私たち乗組員は久しぶりに上陸したかったのですが、それも長崎奉行所に断られてしまいました。奉行所は前例がないと何でも断ってくるのです。私たちは前例のない条約を結ぼうと長崎に来ているわけで、これでは先が思いやられます。

上陸できない私たちは毎日午前四時に起床、午後八時に就寝という、退屈の日々が続きました。艦上の生活は早寝早起きが基本とはいうものの、毎日となると退屈極まりないものです。

阿部老中の指示を受けて、長崎奉行の大沢が国書を受け取ったのは八月十九日でした。国書を手渡すだけで来航から何と、一カ月も要したのです。

国書の受け渡しのため、福岡藩の警備船に護衛されて長崎の大波止場にようやく上陸できた私たち六十人は楽器隊を先頭に行進して、長崎奉行所西役所に到着しました。西役所はオランダ商館がある出島に近く、波止場から直接通じる石段の上の高台にあるため、西役所からは長崎湾を一望することができました。

上陸した時に日本の砲台を近くで見ましたが、プチャーチン団長は青銅製の大砲のあまりのお粗末さに驚き、日本の防衛レベルは憐れむべき状態だと感じたようです。

儀式を終えて国書を受け取った長崎奉行の大沢が、

「たしかに今、国書を受け取りましたが、なにぶん長崎は江戸と遠く離れているため、幕府からの返書はすぐには届きません。また、しばらく待っていただくこととなります」

と伝えると、プチャーチン団長はオランダ語通訳兼務の副官ポシェットを通じて、

「それなら自分たちが江戸に行った方が手っ取り早いのではないか。今すぐにでも出発は可能だ」

と言い返しました。

ここで私たちが江戸に行ってしまうと、長崎奉行は唯一の外交窓口で対応できなかったとして、立場がなくなってしまうのです。

それを察知した日本側のオランダ語通訳の西吉兵衛《にしきちべえ》が割って入りました。西はアメリカ艦隊の対応のため江戸湾入口の浦賀に向かいますが、浦賀に到着する前に艦隊が去ってしまったため、引き返して長崎に戻ってきたばかりだったのです。

その西が、

「長崎は異国船に慣れていますが、江戸はまったく不慣れのため近くの住民がとても不安となります。ですから、どうぞ長崎にとどまっていただきたいのです」

とプチャーチン団長を説得したため、引き続き長崎で交渉ということにはなりましたが、団長は当初の予定どおり江戸に行くべきだったと悔やみ始めていました。シーボルトはロシア政府に余計なアドバイスをしてくれたものです。

私たちが国書を渡して帰ろうとすると、帰り際に日本の通訳たちが食事をしていってほしいと言ってきました。奉行所の役人たちがパルラダ号を訪問するたびに接待を受けているので、返礼がしたいと言うのです。

私たちは長崎奉行の大沢の同席を求めましたが、大沢はプチャーチン団長の返書遅延の追及を恐れたのか、同席しないと伝えてきました。奉行が参加しないのなら国を代表している私たち使節団が参加すべきではないとの団長の判断で、料理にはまったく手を付けずに艦に戻りました。おそらく豪華な料理が用意されていたでしょうから、今から思えばもったいないことをしました。

実は長崎奉行の大沢は二年の任期切れで、浦賀奉行から転任する水野忠徳《みずのただのり》と交替する予定だったのです。新任の水野は八月二十五日に長崎に到着しますが、私たちロシア使節団が来航していたため、大沢は離任できずに引き継ぎは延期となります。大沢からすると、私たちはとんだ疫病神だったことでしょう。

ロシアの国書が江戸に届き、オランダ語から日本語に訳されて阿部老中に渡されたのは九月十五日で、私たちの長崎到着から既に二カ月近くが経過していました。ロシア政府の国書の要点は日本の開国と日露間の国境画定、この二点の要求でした。

すぐに幕府の海防会議が開かれ、阿部老中がお気に入りの伊豆韮山の世襲代官で砲術家でもあった江川英龍《えがわひでたつ》が海防掛の一員として会議に出席していました。

海防掛は、その八年前に老中首座となった阿部が海外情報の収集機能を長崎から江戸に移管して防衛を強化しようとした部隊でした。画期的だったことは、それまでは生まれながらの身分の違いで資格がなかった階層からも実力本位で人材が選ばれたことでした。地方の一代官に過ぎなかった江川が海防会議に出席できたのもこのような背景があったからです。

江川は会議で阿部から意見を求められ、次のように言いました。

「日本の玄関は長崎です。アメリカの浦賀訪問というのは、いわば日本という家の裏口から侵入するような許せない行為です。逆にロシアはちゃんと長崎という玄関から訪問してくれました。ロシアは礼儀正しく、味方にしてもよい国と考えます。

ロシアの希望を認めて、ロシアを防波堤にロシア以外の異国船が来たときにはロシアに追い払ってもらってはいかがかと考えます」

当時のロシアは、清国とのアヘン戦争で国際的にとても評判の悪いイギリス、江戸湾で艦隊の武力を誇示したアメリカといった国よりも遥かに日本で好感を持たれていたのです。阿部老中も江川の日露同盟論ともいうべき意見に耳を傾けかけました。

しかし、この会議には海防参与で水戸藩の前藩主、徳川斉昭《とくがわなりあき》も出席していました。斉昭は水戸藩主時代に藩に倹約を強いる場合には自らも粗衣粗食を実践するという、有言実行タイプの名君でしたが、九年前に再三にわたって幕府に国防強化を強要したなどの理由で隠居謹慎を命じられて、水戸藩主の座を長男の慶篤《よしあつ》に譲っていました。

斉昭は五十三歳とまだまだ元気で、アメリカ艦隊来航直後の七月に阿部老中から顧問という立場の海防参与に任じられたばかりだったのです。しかし、その発言力から既に幕府の対外政策に大きな影響を与えるオピニオンリーダー的な存在となっていました。

斉昭の持論は、軍備の大増強を幕府だけでなく全国の諸藩にも実行させて異国の圧力に対処すべきということでしたが、もともと斉昭は異国人そのものが嫌いだったので、江川の意見に次のように強く反対しました。

「ロシアと手を結ぶなんて、とんでもない。アメリカとロシアが続けて日本に来航してくるのは両国が結託しているからではないのか。ロシア人でもアメリカ人でも日本に近づいたら、すべて攻撃して追い返せばよいのだ」

これではとても会議になりません。斉昭に限ったことではありませんが、当時の日本人は日本と欧米列強との圧倒的な軍事力の違いがわかっていなかったのです。まさに井の中の蛙の状態でした。二百年以上も続いた日本の平和な時代が軍事力の差を生じさせていたのです。結局、この海防会議は幕府の方針が何も決まらずに終わってしまいました。

江戸での激論も知らず、私たちロシア使節団は長崎で今か今かと、江戸からのロシア国書の返事を待っていました。私たちがしびれを切らして返事はまだかと尋ねますが、幕府は長崎奉行を通じて将軍の死を理由に回答を引き延ばしてくるのです。

プチャーチン団長は日本側の誠意のない態度に怒って、

「交渉には江戸から老中か同程度の地位の者を長崎に派遣しなければ、私たちは本当に江戸に行く」

と言い出しました。

それを聞いた江戸の阿部老中は、アメリカ艦隊に続いてロシア艦隊までもが江戸湾に入ってくれば江戸の動揺がさらに大きくなるため、私たち使節団と長崎で交渉する専門メンバーの四人を江戸から派遣することとしました。人事の阿部と言われただけあって、その交渉団メンバー四人の人選は実に見事でした。

特に川路聖謨《かわじとしあきら》を抜擢したのが素晴らしかったと思います。川路はもともと九州の幕府直轄領の日田（現在の大分県）出身の下級役人でしたが、阿部老中が川路の高い実務能力を見抜いて、佐渡奉行、大坂町奉行、勘定奉行などの要職を歴任させていました。

当時の幕府の役人の中では最も交渉能力を持っていた人物の一人であり、川路自身も今回の交渉団メンバーへの抜擢をとても名誉なことと意気に感じていたそうです。川路はユーモアもあって話も面白いので、後に交渉することとなる私たちロシア人からもとても人気がありました。

川路の上役は筒井政憲《つついまさのり》という長崎奉行も経験したことのある七十五歳の老人でした。筒井は十年以上前の天保の改革時に老中首座の水野忠邦《みずのただくに》と意見が合わずに江戸町奉行を罷免されて引退していましたが、阿部によって再び登用されていたのです。

阿部老中は筒井が高齢であるため交渉メンバーの団長に指名することを躊躇していたのです

が、筒井自らが最後のご奉公とばかりに願い出たのでした。やさしい人柄でロシア側との交渉では私たちを何かと和ませてくれました。

温厚で長者の風格さえ感じる筒井、そして切れ者で俊敏な川路という組み合わせは当時、最も優れた外交コンビだったと思います。

残る二人は荒尾成充《あらおしげまさ》と古賀謹一郎《こがきんいちろう》ですが、交渉中は何も発言しないで正座しているだけだったので、私ゴシケーヴィチの印象にほとんど残っていません。ただ、古賀はその卓越した国際感覚を買われて、後に江戸で外国語を教える蕃書調所の初代トップとして活躍しています。

日本側の中心メンバーの二人、川路と筒井は開国するのであれば日本が主導権を握って有利な形で開国すべきという、貿易に積極的な考えの持ち主だったのですが、阿部老中からは次のように指示されていました。

「貿易の開始はできるだけ引き延ばすこと。国境では樺太は北緯五十度を境に南半分を日本領、千島はウルップ島までを日本領と主張すること」

阿部の指示は国境では明確ですが、貿易は非常に曖昧です。当時の幕府の貿易についての考えは、のらりくらりと異国の使節を扱って、しびれを切らして帰ってもらおうという、異国からすると何とも失礼極まりないものだったのです。

川路としては自分の考えと全く逆の指示だったので、何も決めないで交渉を終わらせるという、これまた少しも積極的ではないことを目標とせざるを得なかったのでした。

## 三、長崎で条約交渉（一八五三年）

私たちが長崎で待たされ続けて三カ月が経過していましたが、その間にロシアがオスマン帝国（現在のトルコ）と戦争を始め、しかもイギリスとフランスがオスマンに味方しそうだという情報が入ってきました。

プチャーチン団長は、東アジアで最も情報が集まる清国の上海に輸送船メンシコフ公号を派遣して情勢を探らせ、開戦したときに難を避ける碇泊地を確保するため蒸気艦ヴォストーク号を樺太方面に派遣していたのです。

江戸からの交渉メンバーが決まったことを伝えられたのは十月十九日のことです。私たちの方が江戸に向かう覚悟をしていたので意表を突かれましたが、江戸からのメンバーは、まだ当分の間は長崎に到着しそうにはありませんでした。

若い水兵たちが長崎に上陸できずに退屈してどうしようもないため、十月二十三日、プチャーチン団長は戦争の最新情報の入手と乗組員の休養のため、四隻すべてを上海に向けて出航させました。出発前、団長は長崎奉行の大沢に次のように言い放って、自分たちの行き先がどこかを告げませんでした。

「しばらくして戻って来るつもりだが、戻った時に江戸のメンバーが長崎に到着していなければ、今度こそは本当に自分たちが江戸に行きますよ」

長崎奉行というのも大変な役職のようで、もし私たちがこの時に江戸に行っていたら大沢は切腹を覚悟していたそうです。

そのためでしょうか、私たちが出航した直後には、私たちの行き先を探ろうと、日本船の数隻が後を付けてきました。おそらく大沢の差し金だったのでしょうが、私たちが長崎湾を出て江戸と反対方向に進んでいくことが分かった途端、港に戻っていきました。

後で知ったことですが、長州藩士の吉田松陰《よしだしょういん》がパルラダ号で密出国しようと長崎に到着したのはパルラダ号出航の四日後のことだったそうです。長崎訪問の前に熊本藩の友人の家に立ち寄って熊本出発が予定より遅れたためで、松陰が熱望していた異国見聞の夢は実現できなかったのです。

幕末きっての思想家で行動派でもあった松陰はこれに懲りずに翌年の三月、伊豆下田に来航していたアメリカのペリー艦隊に近寄って密出国を願い出ますが、ペリーに拒否されています。もし長崎でパルラダ号の出航に間に合っていれば、ペリーと違ってプチャーチン団長なら乗船させていたはずです。わずか四日の違いでその後の松陰の人生は大きく変わっていたことでしょう。

松陰がロシアを見聞して日本に戻っていれば、その後の明治政府の中心人物となって活躍していた可能性はかなり高かったと思います。なにしろ、松陰が密航失敗後に長州藩の萩で開いた松下村塾《しょうかそんじゅく》で末席の弟子だった伊藤博文《いとうひろふみ》や山県有朋《やまがたありとも》が明治期に内閣総理大臣になっているのです。日本にとって、松陰が日本に残り、後に安政の大獄で死罪となってしまったことが悔やまれます。私ゴシケーヴィチもパルラダ号の艦上で松陰と話してみたかったです。


私たちは長崎を出航してから三日後に上海に到着しました。長崎は同じ日本の江戸よりも清国の上海の方が近いのです。

当時の清国は、二年前に奥地の広西省で勃発した太平天国の内乱が激しくなっていました。これは満州人が支配する清王朝に対する、キリスト教の影響を受けた漢人の宗教集団の反乱でしたが、反乱軍の都が南京に置かれると、動乱の嵐は沿岸地域の上海にまで及んできていました。

上海では民衆がイギリス人から家畜のように扱われており、国が弱体化した時の民衆の悲劇という現実をまざまざと思い知らされました。私ゴシケーヴィチは上海で珍しく極度の船酔いに苦しんで、身動きさえもできない最悪の状態だったのですが、騒然としていた上海では私たちにとって良いニュースと悪いニュースが待っていたのです。

良いニュースとは、古いパルラダ号に代わる新しい軍艦がクロンシュタット港を出発して、大西洋と太平洋を通る西回りの航路で東ロシアに向かっていることでした。

これはパルラダ号が長崎に来航する前、シンガポールに寄港した時にプチャーチン団長が一人の乗組員を降ろしてロシアに帰らせ、政府に新しい軍艦を依頼していたからなのです。というのは、パルラダ号はインド洋航行時の強風の影響で何度も修理を余儀なくされたため、ロシアに帰国する時の航行はパルラダ号では困難とプチャーチン団長が判断したためでした。パルラダ号という老朽艦から新型艦に乗り換えられると私たちは期待を膨らませました。

逆に悪いニュースとは、既にロシアがオスマンと戦争を始めていたことでした。この戦争は、ロシアがオスマン領内のギリシャ正教徒を守るためバルカン半島に侵入して起こったのですが、ロシアにとって不幸だったことはロシアの南下を恐れた強国イギリスとフランスがオスマンに味方して翌年の二月にロシアに宣戦布告をしたことでした。

この戦争は最大の激戦地が黒海沿岸のクリミア半島だったためにクリミア戦争と呼ばれていますが、アジアでも戦っており、翌年の嘉永七（一八五四）年閏《うるう》七月にカムチャッカ半島東海岸の軍港ペトロパブロフスクで英仏艦隊と激戦となりました。この戦いはロシアの守備隊が奮戦して勝利しますが、前年の私たちロシア使節団にとっては近いうちに太平洋地域の航行が危なくなることが予想されました。

もう一つ、良くも悪くもないニュースもありました。六月にいったん日本を離れたアメリカのペリー艦隊が香港に駐留して日本への再出航をうかがっているという情報でした。

建国わずか七十七年目の新興国アメリカが日本に開国を求める目的は、貿易の開始というよりも捕鯨船の補給基地にしたいという切実な理由のためでした。当時のアメリカで石油は発見されていなかったため、灯油には鯨油が利用されていました。鯨油を求めて多数の捕鯨船がカムチャッカ近海から北太平洋に航行しており、燃料や食料、水の補給が必要だったのです。アメリカの捕鯨船は船上で鯨の皮を釜で煮込んで油を取り、鯨の肉は全部捨てていました。鯨肉が好きな日本人にとってはもったいない話です。アメリカは二十一世紀の今でこそ日本の捕鯨に反対していますが、当時のアメリカは捕鯨業が大きな産業となっていたのです。

プチャーチン団長は香港のペリーに日本の開国交渉を一緒にしようと文書で持ちかけましたが、ペリーからはアメリカが交渉で先行しているので、わざわざロシアと共同歩調を取る必要はないときっぱりと断られてしまいました。ペリーというアメリカ人は、かなり強気な人物のようです。


上海で一カ月余りの休養を終えて、私たちロシア使節団は日本側と交渉を開始するため、十二月五日に長崎に戻ってきました。オランダ語通訳の森山栄之助《もりやまえいのすけ》が出迎えの時にポシェットに尋ねました。

「ポシェットさん、お久しぶりです。一カ月半の間、どちらに行って来られたのですか」

「森山さん、ご心配の江戸には行っていませんよ。江戸よりも近い上海に行ってきたのですが、清国の内乱が上海にも近付いていて騒々しかったです。上海に比べると、ここ長崎は実に平和な町ですね。何だか、ほっとしますよ。

早速、江戸から派遣されたメンバーの人たちと交渉させてください」

「ポシェットさん、江戸のメンバーは長崎の近くまで来ているそうですが、残念ながらまだ到着はしていないのですよ」

プチャーチン団長はポシェットから報告を受けると怒って、

「私たちが戻って来た時に到着していなければ、私たちが江戸に行くと言ったはずだ。あと五日だけ待つが、それまでに江戸メンバーが到着しなければ、今度こそ自分たちが江戸に向かう」

と宣言したのです。

後に聞いたところでは、長崎への派遣メンバーが決まったのが十月八日で、亡くなった徳川家慶の長男の家定《いえさだ》の第十三代将軍の就任式が二十三日に盛大に行われたこともあって、江戸の出発は十月三十日となってしまったとのことでした。

出発前には徳川斉昭が筒井、川路を江戸の水戸藩邸に招待して壮行会をやってくれたそうです。斉昭は典型的な異国排斥論者なので、筒井、川路と考えは全く異なっているのですが、二人の手腕には高い評価をしていました。特に川路ならロシアの要求を斥けてくれると期待を寄せていたのです。壮行会までやってもらって、川路としては複雑な心境だったことでしょう。

江戸から長崎に移動するといっても簡単ではありません。当時の日本には電車も自動車もありません。自転車さえもなかったのです。馬に乗れるほど、道も整備されていませんでした。移動する手段は海路で船を利用するか、陸路を自分で歩くか駕籠に乗るかの二者択一です。そして、当時の日本の船は大変もろかったので、江戸から長崎という長い行程には大きな危険を伴いました。江戸メンバーたちは当然のように陸路を選択しました。

江戸から長崎までは陸路で千四百キロメートルくらいはあります。江戸から中山道、山陽道という、当時の大きな街道を通ってひたすら駕籠に乗るか、歩き進んだのです。中山道を通ったのは、増水すれば通行止めとなる大井川を渡らなければならない東海道と違って確実に行程を消化できるためでした。

川路は日頃から竹刀で体を鍛えていたので、駕籠の中で揺られるよりも自分で歩く方が気分爽快でした。江戸から長崎までを三十五日間で走破しているので、一日平均にすると四十キロメートルも歩いていた計算になります。秋から冬の日照時間の短い季節に毎日八時間は歩いていたわけで、精一杯歩いていたのではないでしょうか。

七十五歳の筒井でも四十日間で到着しているので、年齢を考えると驚異的です。筒井はさすがに駕籠に乗る回数が多かったと思いますが、当時の日本人は現代人よりも足腰が遥かに強靭だったことだけは間違いありません。

江戸メンバーの四人すべてが長崎に到着したのは、プチャーチン団長が江戸に向かうぎりぎりの日と宣言していた十二月十日でした。メンバーたちは最後の数日間は日夜を問わず歩き続けて、何とか間に合ったそうです。

四人全員が到着すると、長崎奉行所の役人たちが事前に会談の着席の順番や方法などを確認して、実際に日本とロシアの交渉メンバーが初めて会ったのは四日後の十二月十四日でした。場所は四カ月前に国書の受け渡しが行われた長崎奉行所西役所です。

この日は初対面ということで挨拶とメンバー紹介だけで終わりましたが、私たちロシア側は椅子に座り、日本側は同じ目線となるように畳を何枚も重ねた上で正座していました。その頃の日本人には椅子に座るという習慣がなかったようですが、正座は何時間続けても平気のようでした。

メンバー紹介後は饗宴となり、私たち主賓には三汁七菜の豪華料理が用意されていました。聞くところによると、この日のために近くの島原藩のお抱え料理人をわざわざ呼んだそうです。私たちは、八月の国書受け渡し後の料理を辞退した分まで充分に堪能することができました。

その二日後には長崎警護に当たっていた福岡藩の藩主が日本側交渉メンバーを訪問して、福岡藩の決死隊でロシア艦を焼き討ちしたいと提案してきたそうです。長崎は幕府の直轄地ですが、福岡藩と佐賀藩が毎年交替して警護に当たっており、この年は福岡藩が担当していました。

福岡藩としては、国禁を破って侵入してきたロシア艦隊に対して指をくわえて見ているだけでは武士の面目が立たないというのです。もちろん、筒井や川路はこの提案を丁重に断ってくれました。

そして翌日の十二月十七日、逆に日本側がパルラダ号を訪問しました。おそらく、日本人として初めての異国船への公式な訪問だったはずです。訪問する日本側の警戒は大変なもので、江戸メンバーたちはパルラダ号の中に入ればすぐに捕まって捕虜となるか、殺されるかもしれないと決死の覚悟で乗り込んできていたそうです。

今となっては笑い話になりますが、川路はパルラダ号で拉致されればロシアの都でロシア皇帝と直談判すると悲壮の覚悟だったそうです。特に何も発言しない古賀でさえ、自分の身を守るため事前に刀を研磨して臨んだほどだったそうです。

しかし、日本側の警戒が嘘のように、私たちのパルラダ号での接待は心がこもったものだったと自負しています。

出迎えでは、プチャーチン団長がパルラダ号の高い甲板から海面に浮かぶ日本側メンバーの短艇にまでわざわざ降りてきて、高齢の筒井に自ら手を取って迎えようとしたのです。筒井は団長に遠慮しますが、団長は、

「筒井さんと私は親子ほどに齢が離れています。親孝行と思って手を取らせてください」

と言って、筒井をとても感激させました。

筒井たちが艦上に上がると、艦内をすべて案内した後は贅沢な西洋料理でもてなし、副官ポシェットや秘書官ゴンジャローフがお酒のシャンパンを注いだり、料理の食材やマナーの説明をしたりして、日本側が恐縮してしまうほどの接待だったと思います。

日本側のメンバーも次第に緊張が解けてきたようで、筒井が少し酔った勢いで、

「私はとても元気なので、老人扱いしないでいただきたい。昨年には自分の子供が生まれたくらいです。孫や曾孫ではありませんよ」

と言うと、七十五歳の筒井の精力の強さにロシア側から一斉に驚きの声があがって乾杯の嵐となり、これで一気に場が和み始めました。

隣にいた川路も調子に乗って、

「私の妻は江戸でも一、二を争う美人です。私はいつも妻を思っているので、体はここ長崎にあっても心は今も江戸にあります。

たまには妻のことを忘れたいので、よい方法があれば、ぜひ教えてください」

と冗談を言うと、プチャーチン団長から、

「川路さんは美しい奥さんと離れているといっても、わずか数カ月間ではありませんか。私たちロシア人は一年以上も妻や恋人と会っていないのですよ。少しは我慢してください」

と言い返されてしまいました。

川路は、自分の家族のことを言うと西洋人と打ち解けられると聞いていたので、あえて奥さ

んのことを言ったようですが、団長はとても真面目な性格なのです。

　こうして、日本人のパルラダ号訪問は和やかな雰囲気で終わりました。会話はオランダ語を通して行われ、ロシア側はポシェット、日本側は西吉兵衛が筒井の発言を、森山栄之助が川路の発言を担当しました。

　長崎のオランダ語通訳は当時、通詞《つうじ》と呼ばれており、長崎で現地採用された役人ではあるのですが、身分は町民の扱いと、とても低かったのです。

　仕事の範囲は現在の通訳業務よりは広く、翻訳や商人、学者といった多彩な側面も持っていました。世襲制で、当時は百人余りがいたと言われています。その中でも西と森山は大通詞と呼ばれるトップクラスの実力を持っていました。

　西吉兵衛はこの二年後に長崎で亡くなりますが、息子の吉十郎《きちじゅうろう》が通詞を引き継ぎ、明治期には司法官僚に転身して活躍、最後には大審院長（現在の最高裁判所長官）にまでなっています。もう一人の森山栄之助は後の伊豆下田での交渉も担当することとなります。


　条約の交渉が本格的に始まったのは嘉永六（一八五三）年の暮れも押し迫った十二月二十日でした。交渉は開国問題が中心となり、日本側は川路が貿易開始の準備に三年から五年の時間が必要と主張しました。

「川路さん、貿易の準備期間が数カ月というのなら分かりますが、三年から五年というのは長すぎてあまりにも常識を欠いていますよ」

「プチャーチンさん、貴国からは文化元（一八〇四）年のレザノフ使節の訪問から公式には五十年近くも何の音沙汰もなかったのです。それと比べれば三年から五年程度が待てないということはないはずです」

「川路さん、レザノフ訪問後のロシアは、ナポレオン率いるフランス軍のモスクワ侵攻があって、その復興に時間がかかって日本を訪問する余裕がなかったのですよ。

そうしているうちに蒸気機関を使った蒸気船が発明されて、世界中の航海が飛躍的に簡単となりました。私たちのパルラダ号は帆船ですが、蒸気船の出現で世界は狭くなっているのです。長く国を閉ざしてきた貴国は好まなくても世界の通商圏に組み込まれているわけで、五年どころか三年でも待てません。

貿易は物資を余っている国から不足している国に移動させるので、どこの国でも必ず国を豊かにします。それなのに、あなたたちがどうして貿易をためらうのか、理解に苦しみますよ」

「プチャーチンさん、貿易を開始するためには、港を整備するだけでなく、国の制度そのものを見直す必要があります。何しろ日本は二百年以上もこの長崎以外で貿易をしてこなかったので、何事にも慣れていないのです。

娘を嫁にやるのは大人になってからでしょう。日本の貿易も自分の娘と同じです。大人になるにはそれなりの時間が必要なのです」

自分の娘を日本の貿易の例えとするのもどうかと思いますが、当時としては進歩的な考えをする川路でも、その程度の言い訳しか思い浮かばなかったのです。

川路だけでなく当時の武士が小さい頃から教えられたのは朱子学で、その基本的考えの一つは商業への軽視でした。金勘定をすることは卑しい、儲かることは悪という考えですから、プチャーチン団長が貿易は国を豊かにすると言っても理解を得られるはずがありません。

十二月二十日から二十八日まで立て続けに五回の交渉が行われましたが、双方の押し問答が続いて年末を迎えてしまいました。

プチャーチン団長は両国の主張の違いが大きすぎるので、ここはいったん冷却期間を設けた方がベターと判断して、交渉は中断されることとなりました。川路の狙いどおり、何も決まらなかったわけです。

私たちロシア側の唯一の成果は「日本がロシア以外の国と貿易をするときは、ロシアを最優先に最も有利な貿易の条件を与える」という覚書の入手だけでした。これを最恵国待遇と言いますが、これはアヘン戦争の勝者イギリスが敗者の清国に押し付けた、生まれたばかりの外交用語だったのです。その覚書を渡した時の筒井と川路はそれが最恵国待遇を与えたことになっているとは認識していなかったのですが、国際的にも生まれたばかりの概念なので無理もありません。

一方、国境問題も同時に話し合われました。樺太については、もともと樺太アイヌが清国に朝貢していたので、かつては清国の領土といってもよい島だったのです。しかしロシアがアムール川の河口をニコライエフスクと名付けて嘉永三（一八五〇）年に艦隊基地を築いたため、ニコライエフスクと向かい合った樺太はロシアにとって軍事的に重要な島となっていました。

当時の樺太にはロシア人は一人も住んでいませんでしたが、ロシア海軍は南端アニワ湾のクシュンコタン（大泊、現在のコルサコフ）にこの年、嘉永六（一八五三）年八月に軍事砦を築いて兵を常駐し始めていたのです。

日本の川路は国境を決めるための前提条件として、ロシアがこの砦から兵を撤退することを要求しました。しかし、日本、ロシア両国とも、樺太の状況をよく把握していなかったので、お互いに現地をよく調査した上で再び交渉することとしたのです。

一方、千島の国境問題では、

「プチャーチンさん、ロシアの軍人ゴローニンの著書に択捉《えとろふ》島は日本領、その北のウルップ島は中立とする協約を結んだという記述があります。これが私たちの交渉の基本になるでしょう」

「川路さん、ゴローニンはロシア海軍の私の大先輩ですが、正式な使節ではありません。ゴローニンの記述は個人的な考えに過ぎず、参考にはできませんよ」

ゴローニンの本については後述しますが、団長は川路がその本を読んでいたことに驚きました。これに限らず、団長は川路の博識ぶりに日頃から感心していました。後に団長は川路について、その良識と弁舌をもってすればヨーロッパのどんな社交界に出ても一流になれる人物と高く評価しています。

何も決まらない長崎の交渉にプチャーチン団長は大いに不満でしたが、クリミア戦争の動向も非常に気になっていました。そこで、とりあえず交渉を中断することとして、嘉永七（一八五四）年の年が明けた一月四日、パルラダ号に日本メンバーを招待してプチャーチン団長主催の送別の饗宴を開きました。

私たちはピアノ演奏などの西洋文明の一端を披露し、ポシェットが蒸気機関車の模型を動かし始めると、それを初めて見る川路たちは感嘆の声を上げて模型の動きをずっと見つめていました。日本人は本当に好奇心の強い民族です。

このように、ロシアにとって長崎の交渉で成果はほとんどなかったのですが、反対に日本の交渉団は何も約束しないでロシア艦隊を追い払ってくれたと、幕府内の評価は高まっていたようです。いずれにしても、長崎の交渉を通して日本の筒井と川路、ロシアのプチャーチン団長がお互いの信頼関係を築けたことは、後の伊豆下田の交渉に大いに役立つこととなります。

# 四、マニラから再び長崎へ（一八五四年）

一月八日、いよいよ長崎をいったん離れることとなりました。日本側はほっと一息の心境だったようですが、今回も私たちが江戸に行かれては困るので、どこに行こうとしているのかを探ろうとしていました。川路は夜明け前に起きて、私たちの動向をずっと見ていたそうです。季節は冬のため、東ロシアの港は凍っていて入ることはできません。そこで、私たち使節団は当時クリミア戦争の中立国スペインの植民地であったフィリピンのマニラに向けて長崎を出航しました。

途中で琉球王国（現在の沖縄県）に上陸しましたが、琉球は私たちロシア人にとって、まさに夢のような島でした。ロシアだったら全土が雪で覆われてしまう真冬の季節だというのに半袖でも過ごせるような暖かさ、エメラルドブルーのきれいな海に囲まれた自然の豊かさ、そして何よりも人々が善良で、言葉では表現できないほどの親切さで私たちに接してくれました。

私たちは長崎で自由に上陸できなかっただけに、久しぶりに上陸してのびのびとした時間を過ごすことができました。

そして、私ゴシケーヴィチには思いがけない出会いが待っていました。琉球側の中国語通訳が板良敷朝忠《いたらしきちょうちゅう》といって、私が北京に滞在していた時に一緒に中国語を勉強した仲間だったのです。

「ゴシケーヴィチさん、お久しぶりです。あなたと琉球でお会いできるなんて、思ってもみませんでした。

北京では大変お世話になりました。中国語はゴシケーヴィチさんが上手だったので、色々と教えてもらいました。私はゴシケーヴィチさんより若かったので、勉強よりも遊びの方が楽しかったですね。北京は大都会で、ここ琉球のような田舎より私にとって大きな刺激がありました」

「板良敷さん、私こそ北京でお世話になりました。あなたと学んで遊んで私も楽しかったですよ。琉球は田舎と言われますが、暖かくて自然も豊かで私にとっては天国のような素敵な所ですよ」

「ありがとうございます。琉球は何もない所で退屈だと思いますが、どうぞ、ごゆっくりしてください。ところで、ゴシケーヴィチさんたちはどうして琉球を訪問されているのですか」

「私たちは日本と外交関係を結ぶためにロシアの都からやって来ました。長崎の交渉がいったん中断となったので、近くの琉球を表敬訪問したわけです。板良敷さんにも会えて、訪問して本当によかったです」

私たち二人の偶然の再会で、私たちだけでなく場の全体が和やかな雰囲気となりました。そして驚いたことに、琉球では誰も武器を持っていなかったのです。その理由を板良敷さんに聞くと、二百年以上も前から日本の薩摩藩から武器を持つことを禁じられているそうで、今ではそれが当たり前となっているとのことでした。

琉球の武器は強いて言えば扇子とのことで、争い事はすべて話し合いで解決しているのだそうです。平和な国と羨ましく思うと同時に、もし私たちがパルラダ号の大砲や鉄砲を使って、今にでも攻撃したら一たまりもありません。余計なお世話かもしれませんが、琉球王国の防衛体制に不安を覚えないわけにはいきませんでした。

さらに板良敷さんからは、香港から琉球にやって来ていたアメリカのペリー艦隊が二日前に二度目の日本訪問に向けて出航したばかりと聞いてしまいます。ペリーが琉球に来航したのは、日本との交渉が暗礁に乗り上げたときには琉球を占拠して捕鯨船の補給基地にする考えだったようです。

しかし、私たちロシア艦隊の上海での動きを知って日本開国の一番乗りに負けられないと、当初は春に予定していた日本への再訪問を急きょ早めたのでした。

このアメリカ艦隊が日本に到着して三月三日に江戸に近い神奈川で日米和親条約を結びました。下田と箱館を開港させることを幕府に約束させて、私たちロシアとの日本開国一番乗り競争に勝ってしまうのです。

長崎での交渉相手だった川路は江戸に戻って日米和親条約が結ばれると聞くと、アメリカとロシアの条約締結は同時にしないとロシアが怒って紛争が起きると幕府に上申してくれたようですが、先を争っていただけに私たちロシア使節団はとてもくやしい思いをしました。また、クリミア戦争で何かと行動が制約されつつある私たちと違って、戦争中立国アメリカのペリー艦隊が自由に活動できることを羨ましくも思ったものです。


琉球で夢のような八日間を過ごして、私たちは二月三日に目的地のマニラに到着しました。しかし予想に反してマニラ当局はクリミア戦争に巻き込まれたくないという理由で、私たちは招かざる客として扱われ、対応はとても冷たかったのです。

マニラでは香港発行の新聞でアメリカが日米和親条約を結んだことを知り、条約の内容もある程度は分かりました。新聞で見る限り、それは開国とはいっても貿易の本格的な開始というよりも燃料や水などの補給が中心のようでした。

また、予想したとおりイギリスとフランスがロシアと戦争を始めたことも知りました。早く東ロシア領に入らないと、いつイギリスかフランスの軍艦と戦うことになってしまうかもしれません。東ロシアの港も五月には解氷するので、早めにマニラを出発して、まずは長崎に向かいました。

長崎に向かったのは、結ばれたばかりという日米和親条約の情報を手に入れるためでした。私たちは三月二十三日に長崎に三度目となる訪問をしますが、残念ながら長崎にはその条約の内容は全く届いていませんでした。川路たち江戸のメンバーも江戸に帰っていたので、これ以上、長崎にいても意味がありません。

プチャーチン団長は大沢の後任として長崎奉行となっていた水野忠徳に、

「六月中旬に樺太のクシュンコタンで筒井、川路のどちらかと会って樺太の国境を決めたい。そして、条約を江戸の近くで調印したい」

と口頭で伝えるだけでなく文書も手渡して、六日間いただけで返事も聞かずに出航していきました。長崎に長くいると、イギリスの軍艦に出くわすかもしれなかったからです。

それでも東ロシアの港はまだ解氷していません。私たちは朝鮮半島の東海岸の海岸線をじっくり調べながらゆっくりと北上し、五月八日にようやく東ロシア領に入りました。

私たちが日本と約束し、樺太クシュンコタンでしなければならないことが二つありました。一つはロシア兵を軍事砦から撤退させること、もう一つは国境を決めるため日本側と会談することです。

プチャーチン団長は軍事砦を築かせたムラヴィヨフ東シベリア総督と会談して前年に設置したばかりの軍事砦からの撤退を要求し、渋々ながらも認めてもらいました。条約締結の方が軍事砦の確保よりもロシアの国益になるとプチャーチン団長が熱心に説得したからです。

　クシュンコタンの現地には私ゴシケーヴィチと副官ポシェットが派遣され、軍事砦の守備隊員にムラヴィヨフ総督の命令書を見せて撤退してもらいました。

　現地に行って分かったのですが、近海には敵国イギリスの軍艦が回航していたため、日本と約束した会談をクシュンコタンで行うことは非常に危険と感じました。そこで、プチャーチン団長の了解をもらった上で、現地に駐在していた蝦夷地の松前藩士に会談取り消しの書簡を手渡して、幕府に届けてもらうようにお願いしたのです。

　しかし、その書簡は幕府には届かなかったようです。あるいは江戸に届くのが遅くて行き違いになってしまったのかもしれません。

　皮肉にも日本側は会談への参加をしっかりと守ってくれました。さすがに団長が希望していた筒井、川路は訪れませんでしたが、その代わりとして堀利熙《ほりとしひろ》、村垣範正《むらがきのりまさ》、上川伝一郎《うえかわでんいちろう》が六月十二日にクシュンコタンに到着していたそうです。

　手違いがあったとはいえ、樺太まで来てくれた堀さんたち一行には待ちぼうけをさせてしまい、大変申し訳ないことをしてしまいました。日本人は約束したことをしっかり守ってくれると改めて認識した次第です。

# 五、ディアナ号に乗り換え箱館へ（一八五四年）

待ちに待った新しい軍艦「ディアナ号」が七月十五日、東ロシアのニコライエフスクの少し南のラーザレ岬に到着しました。ディアナ号の大きさはパルラダ号とほぼ同じで、長さ五十三メートル、幅十四メートル、排水量が二千トンの巨艦でパルラダ号と同じ帆船でしたが、さすがに出来たばかりなので設備は新しく、とにかくスピードが違いました。ちなみに、ディアナとはローマ神話の狩猟の女神を意味します。

ディアナ号到着と同時に、プチャーチン団長はディアナ号の乗組員の人選を副官ポシェットと相談しました。主要メンバーでは、秘書官ゴンジャローフは本人の希望もあって使節団から離れて都ペテルブルグに陸路で戻り、ポシェットと中国語通訳の私ゴシケーヴィチがディアナ号に乗り移って再び日本に行くこととなりました。

水兵は経験が豊富なパルラダ号の乗組員たちがそっくりディアナ号に乗り移り、ディアナ号に乗ってきた水兵たちはゴンジャローフと同じく陸路でペテルブルグに戻ることとなりました。

旧艦となったパルラダ号は敵国に利用されないように武装解除してから焼き払われました。また、パルラダ号と一緒に行動してきた三隻のヴォストーク号、オリヴーツア号、メンシコフ公号は、クリミア戦争での東ロシアの防衛に役立ててほしいというプチャーチン団長の希望で、ディアナ号に随伴しないで東ロシアに残ることとなりました。

そして、メンバーの一部が入れ替わった私たちロシア使節団は、八月二十四日に新艦ディアナ号だけで日本との条約交渉を再開するため、蝦夷地の箱館へ南下したのです。

私たちが箱館に寄港したのは、日米和親条約で伊豆下田とともに開港されると聞いていた港を視察するためでした。そして、私たちはすぐに箱館が開港されるに相応しく、国際的に見ても立派な港だと思いました。

ただプチャーチン団長には箱館に寄港しなければならない、もう一つの目的がありました。それは、箱館という港町を大きく発展させた高田屋嘉兵衛《たかだやかへえ》とその家族のその後を知ることでした。

当時、高田屋嘉兵衛はロシアで大変な有名人でした。日本側交渉団メンバーの川路聖謨もその日本語訳を読んでいたという、ロシア海軍の軍人ゴローニンが文化十三（一八一六）年に出版した『日本幽囚記』という本の中で日本の英雄として描かれていたからです。日本の皆さんにも高田屋嘉兵衛を少しでも知ってもらいたいので、この本の内容を簡単に紹介すると、次のとおりとなります。

ロシア海軍の軍人ゴローニンは文化八（一八一一）年に千島列島の地図製作のため測量していた時に、国後島《くなしり》で日本の役人に捕まってしまう。ロシア人が四年前に樺太南部と択捉島で起こした日本人村の襲撃事件（露寇事件）の報復だったのである。

このゴローニン事件はロシアにとって大きな問題であったが、当時のヨーロッパはフランスのナポレオンが破竹の勢いの時期でロシアとしても極東に目を向ける余裕がなかった。ゴローニンは蝦夷地の南端の松前で最初は牢屋に入れられていたが、知識人でもあったゴローニンは後には松前藩士にロシア語を教えて、捕虜というより客人として扱われていた。

ゴローニンと一緒の軍艦に乗っていたのがリコルドで、捕虜とならなかったリコルドはゴローニンを助けるため、逆に日本人五名を捕まえてゴローニンと捕虜の交換をしようと試みた。その日本人の一人に四十三歳の高田屋嘉兵衛がいたのである。

嘉兵衛は大坂（現在の大阪）に近い淡路島の出身で、当時、大坂と日本海沿岸の物流を担っていた北前船航路に乗り出し、寛政八（一七九六）年には箱館に初来航して東蝦夷地沿岸開拓の拠点とした。そして蝦夷地だけでなく南千島沿岸の航路も開設した矢先にリコルドに捕まってしまったのであった。

リコルドは嘉兵衛をカムチャッカ東海岸の軍港ペトロパブロフスクに連れて行った。嘉兵衛は捕まってはいたが、毅然とした態度でリコルドと接したため、言葉が通じない中でも嘉兵衛とリコルドはお互いに信頼を深めていった。

嘉兵衛はロシア政府が露寇事件を正式に陳謝すればゴローニンは解放されるはずとリコルドに説明し、リコルドは嘉兵衛を全面的に信頼して、嘉兵衛にロシア政府の陳謝文を持参させて国後島で解放した。蝦夷地に戻った嘉兵衛は松前奉行所とリコルドの間を奔走し、ついに箱館でゴローニンの解放を実現したのである。


本の紹介は以上ですが、この詳しいいきさつだけでなく日本の松前での生活ぶりなども書かれており、粉飾がない正確な文献としても尊重されて、東洋の謎の国であった日本を知ろうと、当時のヨーロッパ各国の言葉に訳されてベストセラーとなっていたのです。

高田屋嘉兵衛との出会いから四十年が経ち、ゴローニンは亡くなっていましたが、七十八歳で存命していたリコルドはペテルブルグで、パルラダ号が出航する直前にプチャーチン団長に次のようにお願いしていました。

「プチャーチン君も知っていると思うが、私は四十年前に日本の高田屋嘉兵衛さんに大変お世話になった。私はそれ以来、嘉兵衛さんの国、日本がとても好きになったのだ。

政府はナポレオン戦争の後遺症もあって日本を含めた東方に目を向けてこなかったが、最近はようやく関心を持ってくれるようになってきた。

私は率先して日本と外交関係を結びたいと思い、二年前に私を使節として日本へ派遣してくれるように政府に願い出たのだが、私が高齢ということで却下されてしまった。この私の日本への強い思いを後輩である君に託したいのだ。ぜひ、日本と友好的な関係を築いてきてほしい。もう一つ、個人的なお願いがある。私より五歳年上だった嘉兵衛さんはさすがに亡くなっていると思うが、嘉兵衛さんが住んでいた箱館に行って、嘉兵衛さんのご子孫にこのリコルドが、そして先立ってしまったゴローニンが嘉兵衛さんに大変お世話になったことを感謝していると伝えてきてほしい」

このリコルドの依頼を受けて、箱館に寄港するとプチャーチン団長はすぐに奉行所に高田屋嘉兵衛の子孫の所在を尋ねましたが、驚いたことに一人として箱館にはいなかったのです。

嘉兵衛自身はカムチャッカでの極寒生活の無理がたたって故郷の淡路島に帰り、その九年後に五十九歳で亡くなっていました。その淡路島で嘉兵衛は私財を投じて港湾の開発や橋の建設に地域貢献しており、これが英雄の英雄たる所以でしょう。

箱館の高田屋商店を嘉兵衛から引き継いだのは、放蕩癖のある息子ではなく弟の金兵衛《きんべえ》でした。金兵衛はよく働いて高田屋商店を発展させていましたが、嘉兵衛が亡くなった六年後の天保四（一八三三）年に幕府から許可なくロシアと密貿易をしたとの疑いをかけられ、全財産を没収されていました。

事実は北前船航路でライバル関係にあった松前藩と近江商人による陰謀で金兵衛に非はな

かったようですが、箱館の高田屋商店は閉じられ、金兵衛とその家族の行方も二十年も経過した今となっては分からないとのことでした。広大だったという高田屋の屋敷は既になく、その跡地は無残にも魚置き場となっていたのです。

この事実を知って、プチャーチン団長はリコルドとの約束を果たせなかったばかりか、ロシアでは今でも日本の英雄と慕われている高田屋嘉兵衛と後継者のその後の悲しい運命を残念に思わずにはいられませんでした。

しかし、悲しんでばかりはいられません。プチャーチン団長はすぐに気を取り直して、アメリカに遅れをとってしまった日本の開国に向けて動き出しました。

副官ポシェット、私ゴシケーヴィチたちが箱館に上陸して、箱館奉行の堀に江戸の老中宛の手紙を手渡しました。私が漢字で記述した手紙には、私たち使節団が幕府高官と話し合うため大坂に向かうことが書かれていました。

その手紙をポシェットから受け取ったのは何と、長崎で会っていたオランダ語通訳の一人、名村五八郎《なむらごはちろう》だったのです。

「名村さん、お久しぶりです。お元気そうですが、どうして長崎からは遠い箱館にいらっしゃるのですか」

「ポシェットさん、私がここ箱館に来たのは、あなたたちが関係しているのですよ。

あなたたちと樺太で会談するためオランダ語通訳が必要ということで、アメリカ艦隊の応対のため江戸に来ていた私が樺太に派遣されたのです。樺太会談はあなたたちが現れずに流れましたが、今度は開港予定の箱館にもオランダ語通訳が必要ということで、私がそのまま居座ることとなったのです。

あっという間に箱館に滞在することとなって正直、戸惑っています。それにしても、箱館は長崎と違って寒いですね。暖かい長崎に早く帰りたいですよ」

「名村さん、私たちがあなたを箱館に赴任させてしまったということですね。でも箱館はロシアに比べれば暖かい所ですよ。しかも景色が素晴らしいじゃないですか。これも何かの縁でしょうから、どうぞ箱館の生活を楽しんでください。

手渡した手紙には、私たちがこれから大坂に向かうことが書かれていますので、奉行様に渡してください」

名村は手紙を丁重に受け取りました。

大坂で交渉することとしたのは、プチャーチン団長が昨年の四カ月間にも及ぶ長崎訪問で、日本と交渉をする場所として長崎は適さず、幕府の江戸か朝廷の京都か、またはその近くが最適であることを学んでいたからです。

しかし、私たちは江戸の将軍と京都の天皇のどちらが日本の最高権力者なのか、分かりかねていました。ロシアであればそれは皇帝であることが明確なのですが、当時の日本の権力構造は分かりにくいのです。これは私たちロシア使節団だけでなく、当時の外国使節に共通する悩みだったようです。とりあえず、私たちは天皇が最高権力者と推測して、京都に近い大坂で交渉することとしたのです。

私たちが手紙を渡した箱館奉行の堀とは、六月にロシア側と会談するために樺太クシュンコタンを訪問していた堀利煕です。堀はオランダ語通訳の名村を通してポシェットに次のように問い詰めました。

「ポシェットさん、あなたたちが樺太で会談しようと提案してきたから、私たちはわざわざ樺太まで出かけたのですよ。それなのに、あなたたちは現れなかった。一体、どういうことですか」

「堀さん、とても申し訳ありませんでした。堀さんたちが訪れる前に、私たちは樺太のクシュンコタンを訪問して松前藩の藩士に会談中止の書簡を預けていたのですが、行き違いになったようです。

その書簡に書いていたのですが、私たちが予想していた以上にクリミア戦争が激化し始めたため、樺太の会談場所の近くに敵国の軍艦が現れる可能性がありました。もし敵国に私たちが見つかったら戦闘となり、堀さんたちにも危険が及ぶこととなるため、あえて出向かなかったのですよ」

「ポシェットさん、私たちが会談場所に行った時にはイギリスやフランスの軍艦はいませんでしたよ。訪問しなかった理由はわかりましたが、それならそれで訪問できない理由をちゃんと伝えるべきでしょう。私たちは十日間も待ちぼうけを食ったのですよ」

ポシェットはそれ以上の言い訳はしないで、ひたすら謝り続けました。ようやく堀の怒りが収まったところで、逆に堀に尋ねました。

「日本とアメリカは和親条約を結んだと聞きました。香港の新聞を見て、それはとても立派な内容と伺っています。私たちロシアはそれ以上に立派な条約を日本と結びたいと考えているので、参考までにその詳細を教えていただけませんか」

「残念ですが、この箱館と下田が開港されるということ以外、私は条約の内容を聞いていません。下田なら江戸に近いので条約の写しか何かがあるのかもしれませんが、この箱館には何もありませんよ」

と堀は答えました。

堀が本当に知らなかったのか、知らないふりをしたのかは分かりませんが、私たちの日米和親条約の事前調査は空振りに終わってしまいました。

ディアナ号の乗組員たちは、長崎では我慢した上陸を箱館では奉行所の許可がなくても実行しました。アメリカ艦隊が四月に下田から箱館に来航して、その乗組員たちが上陸していたと聞いていたからです。アメリカ艦隊の上陸で、高田屋商店の閉店から寂れていた箱館の町も二十年振りに活気づいたそうですが、四カ月後の私たちロシア使節団の上陸でそれ以来の賑わいとなったわけです。

ディアナ号の五百人近くの乗組員がどっと食料、日用品などの必需品を買いましたが、どこに行くにも奉行所の役人が付いて回るので、私たちは自由に動けずに困ってしまいました。警備といっても、ほどほどにしてほしいものです。

ある月明かりの夜、箱館湾に錨を下ろしていたディアナ号に小さな漁船が近づいてきました。そして、一人の日本人の若者がディアナ号に乗せてほしいと手を振ったのです。

プチャーチン団長は乗船を許可して、私ゴシケーヴィチがその若者に漢字を書いたところ、漢字を理解できる様子だったので筆談を始めました。私は中国語や漢字は得意だったのですが、日本語の会話はまだまだだという状態だったのです。

その日本人の若者と筆談を進めていくうちに、若者は文吉《ぶんきち》という名前の漁師であること、日本では漁師は最も身分が低いため虫けらのように扱われていること、生活が苦しくて勉強したくてもできないこと、ロシアで人生をやり直したいと希望していることが分かりました。当時の日本の漁師で漢字の読み書きができるというのは、余程の勉強好きに違いありません。

私はプチャーチン団長に若者との筆談の内容を報告したところ、団長からは次のように指示されました。

「これからも日本と厳しい外交交渉が続くと思う。この若者を交渉の場に出すわけにはいかないが、漢字の読み書きができるなら交渉の裏方として何かと役に立つだろう。とりあえずディアナ号に乗せて一緒に連れていくこととしよう。

ただし、もし他の乗組員たちと馴染まなければ目的地の大坂で下船させるので、条件付きで乗船させると本人に伝えてくれ。名前が文吉では言いにくいので、ロシア風にキセリョフとしよう」

こうして、日本人キセリョフが誕生したのでした。

# 六、大坂から下田へ（一八五四年）

九月八日に日本人キセリョフを乗せたディアナ号は箱館を出発して、太平洋沿岸を通って大坂に向かいました。

途中でとても高くて美しい山が見えたので、私ゴシケーヴィチが日本人のキセリョフに尋ねたところ、

「江戸の近くに富士山という美しくて大きな山があると聞いたことがあります。あの山がその富士山ではないでしょうか。私もあんなに美しいとは知りませんでした」

とキセリョフは答えました。

私の祖国ベラルーシやロシアの都ペテルブルグの近くに大きな山は全くありません。私はこんなに美しい山を毎日見ることができる江戸の人々は、世界一の幸せ者だと羨ましくなりました。

九月十七日、いよいよ大坂湾に入りました。近くの住民が私たちの黒船を見て大騒ぎしている様子が遠くからでも分かりました。大坂湾にはそれまで日本の商船しか浮かんでいなかったので、沿岸に住む日本人にとって、私たちロシアの軍艦は現代の宇宙船に匹敵するような未知の物体だったことでしょう。

大坂湾の西のはずれの和田岬沖に行った時には、私たちの船を一目見ようと、たくさんの人たちが海岸に押し寄せて来ました。調子に乗った日本の若者十人ほどが小さな舟でディアナ号に近づいてきたので、水兵たちがロシアのお菓子を投げ与えるという、微笑ましい光景もありました。大坂の人たちは当時からノリのよいお調子者が多かったのでしょうか。

和田岬沖を出発したディアナ号は東へ移動して、数時間後に大坂城が見える天保山沖に到着しました。しかし、大坂のトップである大坂城代の土屋《つちや》寅直《ともなお》はロシアの軍艦が来ることを江戸から聞いていませんでした。江戸でも私ゴシケーヴィチが箱館奉行に手渡していた書簡が届いたばかりだったようです。土屋は私たちの来航目的が分からないため、慌てて江戸城に急使を送っています。

ディアナ号は陸から五百メートル離れた沖に止まりました。小舟で近づいて来た日本の役人に私が片言の日本語で「オランダ語の通訳はいないか」と尋ねましたが、「いない」との返事です。仕方なく、私が「大坂で幕府高官と条約の交渉をしたい」と漢字で手紙を書き、その役人に手渡しました。

突然に現れたロシアの黒船に大坂の町は大変な騒ぎとなり、すぐに近くの京都にも伝わりました。朝廷のある京都に近い大坂湾に異国船が浸入することは、幕府に防衛能力がないことを天下に暴露していることであり、幕府にとっては実に困った事態だったのです。

京都のトップである京都所司代は私たちロシア人の京都侵入に備えて、京都市中の警護を彦根藩に、南西の山崎口の防衛を丹波亀山藩に、南の伏見口の防衛を大和郡山藩にそれぞれ担当するように指示を出しています。

京都の朝廷はパニックに陥り、黒船の退去を神社仏閣に祈禱するという騒ぎとなったそうです。住民たちは先を争って逃げ出し始めたので、奉行所は落ち着かせるため、「警備は万全で戦争の恐れはない」と何度も伝えますが、住民たちはなかなか信用しません。「ロシアの黒船を恐れて、朝廷が京都から東の彦根に引っ越そうとしている」という噂までが広まる慌てぶりでした。

大坂から知らせを受けた江戸の幕府はプチャーチン団長に「メンバーは長崎同様に筒井、川路を指名する。場所は大坂ではなく伊豆の下田とする」と伝えてきました。幕府としては朝廷に近い大坂での交渉は、どうしても避けたかったのでしょう。

プチャーチン団長は日本側の騒ぎぶりを見て、大坂まで訪問した効果は十分にあったので、今後は日本側も交渉を本気で考えてくれると判断して大坂を離れることとしました。ここにも強引に物事を進めない団長の性格が表れていると私ゴシケーヴィチは思うのです。大坂に居座っていたら、また別の展開になっていたのかもしれません。

伊豆の下田なら箱館奉行から聞いたように日米和親条約の写しを入手できるかもしれません。そうと決まれば長居は無用と、私たちは十月三日に下田に向けて大坂を出発しました。

私たちは途中の紀州（現在の和歌山県）の北端にある加太浦《かたうら》で一泊して、大坂町奉行から下田奉行宛の通行証明書を受け取りましたが、加太浦に立ち寄ったのは、もう一つの理由がありました。それは一人の日本人がどうしても伝えたいことがあると願い出ていたからです。

その日本人の名前を松吉《まつきち》といいました。松吉は加太浦の漁師で、二年前に乗っていた魚船が流されて漂流していたところをロシアのメンシコフ公号に助けられました。メンシコフ公号とは私たちの使節団でパルラダ号に随伴していた、あの輸送船です。二年前のメンシコフ公号は伊豆下田で松吉を引き渡そうとしました。

しかし日本側に漂流民の受け取りは長崎という国是を盾に、受け取りを断られてしまいました。仕方なく松吉は下田近くの海岸にボートで密かに上陸させてもらい、江戸に送られた後に幸運にも紀州への帰国が許されていたのです。

当時の日本の魚船は小さくて高波や強風に弱く、とてももろかったのです。海でシケにあえば外海に流されて漂い、死も覚悟しなければなりませんでした。

もし幸運にも日本に帰ることができたとしても、帰国した人への扱いはとても冷たかったのです。厳しく禁止されていたキリスト教に接触したとして、生涯にわたって監視下に置かれるか、軟禁状態にあることが多かったのです。自ら望んで漂流したわけでもないのに、これでは漁師は浮かばれません。松吉のような寛大な措置は例外中の例外でした。

松吉は自分を日本に帰らせてくれたロシアという国に大変な恩義を感じていました。ロシアの軍艦が近くの大坂に来航したと聞いて、自分が住んでいる加太浦にもぜひ寄ってほしいとお願いしていたのです。

せっかくの機会ですから、私ゴシケーヴィチは箱館で乗船させた日本人キセリョフを松吉に紹介しました。キセリョフは他の乗組員たちと何とか馴染み始めていたので、大坂で降ろされずに済んでいたのです。加太浦の松吉はディアナ号に日本人が乗船していることに大変驚いた様子でしたが、そのキセリョフと少しずつ話し始めました。

二人は同じ日本語で会話をしているのですが、当時の日本には全国で通用する標準語というものがありません。キセリョフは北の箱館、松吉は南の紀州と出身が遠く離れているため、一部しかお互いの言葉を理解できなかったようです。

後でキセリョフに二人の会話の内容について聞いたところ、松吉からはキセリョフは勇気があること、松吉も若かったらキセリョフと同じ行動をしたかもしれないこと、ロシアで元気に過ごすことを祈っていることなど、大変励まされたそうです。その話を聞いて、私ゴシケーヴィチも二人を引き合わせた甲斐がありました。

松吉は私たちにお土産にたくさんの紀州みかんと魚を渡してくれただけでなく、イギリスの艦隊にはくれぐれも注意するようにアドバイスしてくれました。

松吉の話では、二カ月前の閏七月にイギリス艦隊の四隻が長崎に入港して、ロシア艦を捕まえるためにイギリスとフランスの軍艦が入港できる港の提供を幕府に要請していたのでした。具体的に言えば、私たちプチャーチン使節団を追いかけていたのです。結果的には翌八月に日英和親条約が結ばれて、幕府は長崎と箱館を開港しています。この交渉を日本側の一人として担当したのが、当時の長崎奉行の水野忠徳でした。

イギリス艦隊は条約締結後には香港に戻っていったそうですが、私たち使節団が日本近海でいつイギリスやフランスの軍艦と出会ってしまうか、いよいよ油断できない状況となっていたのです。

ちなみに嘉永七年には閏七月がありました。明治六（一八七三）年から採用された現在の太陽暦と違って、それまでの太陰暦は年間日数が三百五十四日でした。そのため、三年に一回程度（正確には十九年に七回）閏月があり、その年は年間十三カ月がある閏年となっていました。嘉永七年は七月と八月の間に閏七月がある閏年だったのです。

紀州の加太浦を出発して十月十五日、ディアナ号は交渉場所となる伊豆半島の東南部に位置する下田に到着しました。

下田は昔から往来する船が風の強い時に弱くなるまで一時的に待つ、風待ちの小さな港でした。江戸初期には船番所と呼ばれる海の関所が設けられ、陸の箱根関所と同じように「入り鉄砲と出女」を検問していました。江戸中期には奥州（現在の東北地方）から江戸の廻船ルートが発達したため、船番所が江戸湾入口の浦賀に移って下田は廃れていましたが、アメリカへの開港場となって急に活気付き始めていたのです。

ディアナ号が下田に近付くと、副官ポシェットがプチャーチン団長と会話を始めました。

「団長、ここは箱庭のような小さな港ですね。避難港か漁港としてなら広さも充分なのでしょうが、貿易をするような大きな船の出入りには向いていませんね」

「ポシェット君、それだけではないよ。ここ下田は風が強すぎるね。太平洋を渡って来るアメリカ船にとっては地理的に理想的な場所かもしれないが、我々ロシアにとってメリットはないね」

下田は冬に西風が強くなります。ペリーは春から夏にかけて訪問していたので西風は弱く、私たちは十月十五日（現在の太陽暦では十二月四日）という冬の初めに来たので西風が強かったのです。ディアナ号は狭い下田湾の真ん中にある小さな島と海岸の間に錨を下ろしました。

プチャーチン団長は交渉をすぐに始めるため、下田奉行所に使いを出しましたが、江戸のメンバーはまだ下田に到着していないとの返事でした。

団長は、

「私たちを大坂から下田にまで呼びつけておいて、交渉メンバーがまだ到着していないとは失礼ではないか。それなら、私たちがこれから浦賀に行く。浦賀なら江戸にも近く、日本側も移動の手間が省けるはずだ」

と下田奉行の都築峰重《つづきみねしげ》にすごんでみせました。

都築は佐渡奉行から転勤してきたばかりの新任で、立場上ここでしくじるわけにはいかなかったのです。何とか団長をなだめて下田に踏み留めました。

副官ポシェットが都築に、

「日米和親条約の内容は香港の新聞でおおよそ知っていますが、参考までにその写しを見せてもらえないでしょうか」

と頼むと、真面目な都築は、

「条約の内容は公になっていません。その写しを私は持ってはいますが、それを渡せということは私に死ねということと同じです」

と言って断られてしまいました。

下田奉行の都築は江戸メンバーの川路とほぼ同じ職歴を持つ後輩で、川路に江戸で一、二という美人の妻を勧めたのも都築とのことで、二人は個人的にも親しい間柄だったそうです。

私たちディアナ号の乗組員は箱館と同じように、奉行所の許可がなくても下田に上陸しました。しかも箱館のように役人が付いて回ることもなかったので、思った以上に自由に行動することができました。

下田は風待ちの港なので、住民たちは外来者に対して警戒心をあまり持っていません。しかも三月から五月までアメリカ艦隊の乗組員千人余りが訪問していたので、住民たちも異国人には慣れていたのです。

私たちディアナ号の乗組員たちは海岸で鉄砲の稽古をしたり、町中でラッパを吹いて歌ったりして、箱館以来の陸地を楽しみました。ただ、異国人との接触禁止は下田でも同様で、金銭や物品の授受は必ず奉行所に届けて指図を受けなければなりませんでした。

残念ながら、私たちに対する下田住民の評判は今一つだったようです。というのは、下田という風待ちの港町は、自ずと歓楽街となり外来者がお金を落としてくれることで栄えていました。

半年前のアメリカ人たちは水兵だけでなく、士官も夜の遊郭通いをしたそうですが、私たちロシア人はほとんどが通いませんでした。プチャーチン団長の貞潔が部下の私たちにも浸透していたせいかもしれません。遊郭や賭博場には閑古鳥が鳴くため、「ロシア人は貧乏」との評判が沸き立つのに時間はかかりませんでした。

さて、交渉団の江戸メンバーですが、私たちロシア使節団が下田を訪問した時には下田に着いていないどころか、本人たちは下田に行くことさえも言われていなかったのです。阿部老中からメンバーに下田行きが伝えられたのは二日後の十月十七日でした。

阿部は交渉団のメンバーに次のように指示をしました。

「ロシアには日米和親条約の内容を隠し通すこと。なぜなら、プチャーチンと長崎で約束してしまった最恵国待遇を与えないため、つまりアメリカに与えた権利をロシアには与えなくてすむようにするためである」

阿部からそう言われると、川路たちはロシアに最恵国待遇を与えたことに責任を感じ始めましたが、そうでもしなければ長崎の交渉は終わらなかったはずなのです。

川路たちは急いで身支度を整えて下田に向けて江戸を出発しました。前年の長崎への移動と違って下田なら歩いて数日で到着できますが、とにかく川路は急ぎました。そして、移動の最後の十月二十一日は一日中歩き続け、真夜中に下田奉行所に到着したそうです。

プチャーチン団長との折衝で疲労困憊していた奉行の都築は、到着したばかりの川路を見て感動のあまり涙を流したそうです。

長崎での江戸メンバーは筒井、川路、荒尾、古賀の四人でしたが、今回のメンバーは筒井、川路、古賀は同じで、長崎奉行として既に赴任していた荒尾は加わっていませんでした。その代わりに、松本十郎兵衛《まつもとじゅうろべえ》と樺太アニワ湾を訪問した村垣範正が加わりました。

松本はその祖父が樺太調査に関与し、松本自身も北方地域に関心を持って豊かな知識を身に付けていました。今回の交渉は国境画定が最大のテーマになると読んだ川路が望んだメンバー構成となっていたのです。

メンバー全員が到着して、ようやく交渉に向けて準備が始まりましたが、今度は交渉場所を陸上にするか、ディアナ号にするかで紛糾したのです。プチャーチン団長が切り出しました。

「筒井さん、長崎では私たちロシア側が上陸したのだから、ここ下田では日本の皆さんがディアナ号にお越しいただくのが筋ではないでしょうか」

「プチャーチンさん、私たちは条約の締結を望んでいるわけではありません。それを望んでおられるロシアの皆さんが今回も出向くべきでしょう」

「筒井さん、珍しく強気ですね。日本側がどうしても陸上でやりたいというのなら、私たちが休憩できる場所を設けてください。長崎では休憩所がなくて大変疲れました。それも認めないというのなら、明日にでも浦賀に向かいますよ」

結局、団長の希望に沿って休憩所を設置することとなり、交渉場所は福泉寺《ふくせんじ》、ロシア使節団の休憩所は福泉寺への行程途中の了仙寺《りょうせんじ》となりました。

了仙寺は下田最大の寺でしたが、今回は突然に休憩所となったため、大急ぎで大掃除がなされ、畳を張り替え新しい家具調度を運び込んで、内部には大量の絹布が張り巡らされたそうです。了仙寺こそ、急に休憩所に指定されていい迷惑だったことでしょう。

十一月一日、私たち使節団は長崎に上陸した時と同じように、六十人が楽器隊の演奏に合わせて行進して、まずは休憩所の了仙寺に到着しました。

了仙寺ではモジャイスキー大尉が写真を撮影するために特別に参加していました。モジャイスキーは飛行機の原型を発明した人物として、後のソビエト連邦時代に彼の伝記が国威発揚に利用されて有名人となりますが、当時は写真や絵画を器用にこなす二十九歳の若者に過ぎませんでした。

当時の写真は銀板写真といって、高価な銀板に一枚だけしか写真を撮影できなかったので、写真を撮ってはそれを見ながら絵に模写し、写真は一枚ごとに消していたのです。モジャイスキーはロシア人に人気の川路を撮りたくて、了仙寺に出迎えに来ていた川路本人に写真を撮らせてくれるようにお願いしました。

しかし川路からは、

「私の妻は美人でも私は醜い男です。ロシアの美女たちが私の醜い写真を見て嘲笑することを想像すると、私にはとても耐えられません」

とやんわりと撮影を断ると、プチャーチン団長が、

「ロシア婦人は男性の価値を外見では判断しません。頭脳の良し悪しで判断するので心配しなくて大丈夫ですよ」

と言いました。

団長としては川路を慰めるつもりだったのでしょうが、川路自身は自分の顔をそこまで醜いとは思っていなかったようなので、団長の発言には少しショックを受けた様子でした。

福泉寺での最初の会談は例によって挨拶とメンバー紹介だけでした。筒井が、

「ロシア使節団の皆さんは大坂から下田に来られたとのことですが、どうして大坂に行かれたのですか」

と聞くと、プチャーチン団長が、

「日本では天皇と呼ばれている皇帝陛下に敬意を表するため、皇帝が住んでおられる京都に近い所で交渉を再開したいと思ったからです」

と答えると、筒井たちは何とも表現できない、いやな顔をしていました。おそらく、幕府の役人である彼らにとっては将軍こそが敬意を表する対象だったからだと思います。

翌十一月二日は逆に日本側メンバーがディアナ号を訪問しました。長崎のパルラダ号訪問でも彼らは驚いていましたが、今度の新艦ディアナ号には病院、台所などの新しい豪華設備もありました。川路たちはとても船の中にいるとは思えず、大げさに言うならば自分たち日本文明の遅れを感じないわけにはいかなかったようです。

一方、この日には下田に上陸していたロシア兵にハプニングが起きていました。夜になって急に雷雨と風が強くなり、約三十人がボートでディアナ号に戻れなくなってしまったのです。

それを知ったポシェットが了仙寺で全員を宿泊させてほしいと申し入れますが、寺の住職から断られて押し問答しているうちに夜が明けてしまいました。私たちにとっては、上陸しても早めに帰艦すべしという教訓となりました。

十一月三日、いよいよ交渉が福泉寺で始まりました。ロシア側はプチャーチン団長とともにポシェット、私ゴシケーヴィチ、そして秘書官となっていたベンチューロフが同席しました。長崎の交渉と同じように、会談はオランダ語を通じて行われ、通訳はロシア側がポシェット、日本側は長崎から江戸に引っ越していた森山栄之助でした。

森山に限りませんが、長崎にしかいなかったオランダ語通訳は江戸近辺に異国船の往来が増加するとともに出張を命じられて、そのまま在勤するケースが増えていたのです。ただ、オランダ語通訳は長崎での現地採用のため、期限が来れば長崎に戻るか、下級の幕臣となって江戸近辺にとどまるかの選択を迫られています。森山は直前の十月に幕臣となり、後に名前も多吉《たきち》郎《ろう》と変更しています。

江戸に居住を移した森山は同じ年に横浜村（現在の横浜市）で行われたアメリカ使節との日米交渉で通訳として大活躍し、自他ともに認める第一人者となっていました。気のせいか、森山が長崎で見た時よりも大きく見えました。

プチャーチン団長は会談の冒頭で日本の江戸メンバーに次のように伝えました。

「私の国ロシアはオスマン、イギリス、フランスと戦争を始めました。私たちは軍人なので、この条約交渉を早く終わらせて戦争に参加したいのです。

長崎では、貿易は我がロシアを最優先にする覚書を交わしました。貴国は既にアメリカと和親条約を結んでおり、覚書に沿ってロシアにも開港する義務があります。

日本が開港してくれれば、私たちは国境問題で大幅に譲歩するつもりです。千島では択捉島が日本領であることを認めます。樺太も一部は日本の領土であることを認めましょう。

しかし、開港場所については注文があります。アメリカには下田と箱館が開港されると聞きました。私たちは箱館には賛成ですが、ここ下田には反対します。港があまりにも小さく風も強すぎるので、貿易港としては適していません。

私たちは下田に代わって大坂かその近くを希望します。ここ下田に来る前に視察しましたが、大坂近辺には良港がたくさんありますよ」

その日はプチャーチン団長が交渉再開に当たっての抱負と要望を一方的に述べただけで終わりました。団長は大坂を訪問して、よほど大坂が気に入ったようです。

# 七、大津波に巻き込まれる（一八五四年）

十一月四日、予想もしなかった悲運の日がやって来ました。次の交渉日は五日として、前日のその日は私たちロシア側が将軍への贈り物を日本側に手渡す行事が予定されていました。下田は冬の季節を迎えて、みかんが色づいていましたが、この平和な町に大津波が押し寄せたのです。

午前九時過ぎに遠州灘の沖合を震源地とするマグニチュード八・四の大地震が発生しました。下田での地震の揺れは一、二分で終わりましたが、本当の恐怖はその直後に襲来した大津波だったのです。

下田湾は外海との間を遮るものが何もありません。そのため大津波が町を直撃しました。大津波は正午過ぎまで十回近くも押し寄せ、その最大の波では下田湾の水位が十三メートルも上がったそうです。海面が町全体を覆って、数分間は寺院の本堂の屋根しか見えませんでした。逆に引き潮も強烈で海岸から湾央の島まで、つまり湾の半分が干上がってしまいました。

この大津波で下田の町は壊滅的な被害を受けたのです。町の八百五十六戸のうち、ほとんどの八百十三戸の家が全壊しました。死者は記録では八十五人となっていますが、当時は戸籍がなかった召使いや旅行者を含めれば数百人が亡くなっただろうと言われています。

わが子をしっかり抱いたまま岩に押しつぶされてしまった母親、女一人で生き残ったために家族を葬る穴を掘ることもできずに土をかけただけの憐れな遺体など、誰が見ても目を覆いたくなるような惨状でした。下田の土は固く、土を掘る道具も津波で流されているため、埋葬ができずに土をかけただけの死体が多かったのです。そして時の経過とともに死臭が濃く漂い始めていました。

一方、下田湾に浮かんでいた私たちのディアナ号も下田の町に匹敵するほどの大きな被害を受けました。四時間以上にわたった大津波で湾内を翻弄され続け、ディアナ号は渦巻きに巻き込まれた木片のように回転して、午後二時頃になってようやく止まりました。

最も大きなショックを受けたのは艦の片側全体が湾央の島に接触した時で、激しい軋みを立てて左に傾いてしまいました。艦の大砲までもが転がってしまい、不幸にもその下敷きとなって一人の水兵の命が奪われ、二人が足や腰に重傷を負ってしまいました。

艦にとっては最も大事な竜骨の後部が引きちぎられ、海水が常に入ってくるため、水兵たちは昼夜を問わず交替で海水を出さなければなりません。

そして何よりも致命的だったのは舵を失ってしまったことでした。長さ五十三メートルという巨艦が縦六百メートル、横千二百メートルの狭い湾内で沈まなかったことの方が、むしろ奇跡と言っていいのかもしれません。

このように私たちは大きな被害を受けてはいましたが、大津波で流されて海に浮かんでいた日本人への救助を惜しみませんでした。

漂う小舟を見つけると、すぐに網を投げて救けようとしますが、当時の日本人は異国人に助けられれば後で処罰されると考えていたようで、私たちが救いの手を差し伸べても断る人が多かったのです。親が与えてくれた大切な命を自分で粗末にするというのは、親不孝であり大変残念なことです。

一人の若い漁師は救助を断る時に手で岸の方を指して、自分の手をさすりました。ここで救助されたら日本の役人に首をちょんぎられるという仕草だったのです。

本当ならもっと救助できたはずですが、結果的には女性の老人一人と若い男性二人の三人だけでした。三人はディアナ号の医師の手厚い治療を受け、乗組員たちから入念にマッサージをしてもらって、とても感謝してくれました。

私たちロシア側の救助は、津波が起こった当日だけではありませんでした。その後も毎日、百人の水兵が交替で下田に上陸して家屋の修理や建て直しに協力しました。下田の人々も徐々に落ち着きを取り戻して、炊き出しの粥を手桶からすくって食べていました。

異国人との接触禁止令を恐れて、下田の住民たちは「けが人はいないので救けはいらない」と言い張りますが、町にはどこを見ても負傷者がたくさん見えるのです。水兵たちは言葉が通じなくても負傷している住民たちに気安く声をかけたので、とても感謝されていました。大津波の当日に三人の日本人を助けたという情報が広まったおかげで、町中に私たちと打ち解けた雰囲気を醸し出していたのだと思います。

江戸メンバーの筒井がプチャーチン団長に、

「ロシアの皆さんの救助には感謝しますが、私たち日本の交渉団は負い目を感じるため、条約の交渉では不利となります。日本人のことは日本人同士で助け合いますから、皆さんの救助はこれで終わりとしてください」

と言いましたが、団長は、

「人を助けることと条約の交渉は全く関係がありません。自然災害に打ちのめされた人々を前に何もしないで傍観しているのは正義に反する行為だから、私たちは助けているだけなのです。日本の皆さんは負い目を感じる必要は全くありません」

と言って救助を続けました。この言葉を聞いて、私ゴシケーヴィチは改めて団長を尊敬し直しました。

こうした私たちの献身的な救援にもかかわらず、今回の災害はロシアの軍艦が来た祟りとの噂が広まって、ディアナ号の遭難を密かに喜ぶ者もいたそうです。救助を続けていた私たちにとっては非常に残念なことでした。これも私たちが歓楽街でお金を落とさなかったことが影響していたのでしょうか。

時間の経過とともに、津波で流された物を届けもしないで自分の物にしてしまう、ねこばばが横行し、また町外から荒稼ぎを狙った泥棒が入り込んでいるという噂まで広がっていました。噂を聞いた交渉メンバーの川路は大災害があったからこそ厳しい取り締まりが必要と憤慨し、奉行の都築に泥棒を召し捕るように要請しました。

大津波発生の六日後の十一月十日、江戸から下田町民救済の米千五百石が送られてきました。その米を目にしたプチャーチン団長は、ディアナ号に備蓄していたパンの大半が水浸しとなったので、パンの代わりに米を買い付けたいと申し出ました。これに対して、ロシア人の世話をしていた川路の部下である中村為弥《なかむらためや》は、長崎同様にロシア人と物品の売買はできないということで、無償で提供すると約束してくれました。

幕府財政の責任を担う勘定奉行でもあった川路は、下田の憐れな被災者たちの姿を見て、それと全く対照的な江戸の大奥を思い出したそうです。川路は大奥の日頃の豪奢な生活が財政の癌と考えており、そこで贅沢に暮らす御殿女中に下田の鳥の糞で汚れた風呂桶で湯浴びをさせて、庶民の貧乏な暮らしを体験させたいと思ったそうです。

私たちは下田の住民への救助を続けるとともに、私たち自身も大津波で壊れたディアナ号の修理が急を要していました。なにしろ、排水を常に続けないと沈んでしまうのです。

ディアナ号の荷物を軽くするため、取り付けていた大砲五十二門のすべてを、下田を警護する小田原藩と沼津藩の藩士の人たちにも手伝ってもらって陸上に引き揚げました。これで艦内の海水を半減させることができました。陸揚げされた大砲五十二門はその後、小屋を建てて人目を避け収納されることとなります。

そして、ディアナ号の修理をどこでやるかが問題となりました。日本側はそのままの下田を勧めましたが、プチャーチン団長はきっぱりと断りました。

「ディアナ号の船底を修理するには、砂地に引き揚げて船体を傾けなければいけません。下田は風が強すぎて陸に引き揚げることができないので、修理はとても無理です。ディアナ号は近距離なら航行は可能なので、修理地として江戸湾の浦賀、駿河湾の清水、天竜川河口の掛塚の三つのどこかを希望します」

浦賀はともかく、清水と掛塚の地名が出てきたことに日本側は大変驚いた様子でしたが、私たちはディアナ号で大坂から下田に移動しながら、貿易に適した港を調査するため途中の海岸線をじっくりと調べていたのです。

ここで、またまた異国人嫌いの徳川斉昭の登場です。斉昭は江戸城で、

「もしロシアの軍艦が浦賀に来るというならば、それこそ焼き討ちにするぞ」

と言い放ち、阿部老中たちを当惑させるのです。

筒井と川路は下田で冷静に、

「浦賀は江戸に近く、清水も幕府創設の家康公ゆかりの駿府の海の玄関口です。掛塚は東海道に近くて取り締まりが困難なので、プチャーチンさんが希望する三つの港はどこも提供することができません。しかも伊豆以外となると、江戸に逐一問い合わせなければいけないので、時間がかかってしまいます。

伊豆国内なら私たちの裁量で決められます。修理は早く取り掛かった方がよいと思うので、何とか伊豆で場所を見つけてください」

と要望しました。

さっそく私たちロシア側はシルリング大尉をリーダーとする四人を選んで、伊豆沿岸の港を調べ始めました。まずは東側の海岸から調べましたが、残念ながら修理に適した港を見つけることはできませんでした。

シルリングたちは落胆しながら熱海の温泉で足湯に浸かっていたところ、地元の漁師から、その漁師の弟が住んでいるという伊豆の西海岸北部の戸田《へだ》という港が船の修理に適していることを聞きつけました。

急いで伊豆半島沿岸を時計回りにほぼ半周し、下田で中間報告をしてから戸田港に直行しました。熱海の漁師が言ったとおりだったのです。まさしく、戸田はディアナ号の修理に最適の港でした。

海流で砂が堆積してできた砂州が湾に突き出ていて、しかも松林が茂っているため外海の風を受けないし、しかも湾は広く深かったのです。広い砂浜もあるので、ここならディアナ号を横倒しにして修理ができます。シルリングは熱海の漁師に感謝しながら、興奮して下田に戻ってきました。

シルリングはプチャーチン団長に報告し、すぐに修理地は戸田と決まりました。川路は部下の中村為弥に、

「戸田とは初めて聞く地名だが、どのような所なのか」

と尋ねますが、中村は、

「下田奉行所の役人たちに聞きましたが、誰も戸田を知りません。温泉で有名な修善寺《しゅぜんじ》の西の方角だそうですが、伊豆の地図にも載っていないそうです」

と答えました。

地図にも載っていないとは戸田村に大変失礼な話ですが、当時の下田では戸田はまったく知られていない村だったようです。古くから温泉とともに開発されてきた伊豆の中で、当時の戸田には温泉がなかったので、未知の場所となっていたのかもしれません。

修理地が戸田と決まると、戸田の受け入れ態勢を整えるため、現地指図役として上川伝一郎が指名されて下田から戸田村に向けて出発しました。上川は蝦夷地に最も精通していた人物で、堀、村垣とともに私たちロシアとの会談のために樺太にも行っており、下田では国境画定の専門委員という立場で交渉団メンバーに同行していたのです。

地震と津波で延び延びとなっていた条約交渉が十一月十三日に下田のはずれの玉泉寺《ぎょくせんじ》で再び始まりました。それまで利用していた福泉寺が避難民で溢れていたためです。場所が変わっても、いつものように私たちロシア側は椅子に腰かけ、日本側は板張りの壇に畳を敷いて正座しました。

今回は開港した後の領事の駐在が最大のテーマとなりました。プチャーチン団長は、日米和親条約で日本がアメリカに許可した開港場での領事の駐在をロシアにも許可するように求めました。

日本側は阿部老中の指示どおりに条約の内容を隠し通していたのですが、団長は香港の新聞でその概要を知っていました。川路は領事の駐在については阿部老中から特に指示を受けていなかったので、

「日米和親条約では領事を駐在することが決まっているわけではなく、駐在するかどうかを日本とアメリカで協議することになっています」

と答えるにとどめました。

後で分かったことですが、日米和親条約での領事駐在の扱いについて日本文では「両国が同意すれば」となっていましたが、英語文では「一方の国が認めれば」となっていたのです。これでは誤解が生じて当然です。

後にこの解釈の違いが現実となっています。安政三（一八五六）年にアメリカのタウンゼン

ト・ハリスが初代総領事として下田にやって来た時に、事前に何も聞いていなかった下田奉行所はハリスの来航目的が分からず、問いただしています。

ハリスは「アメリカが認めたから赴任してきた。日本の同意は必要ない」と主張しますが、日本側は「日本が同意していないので駐在はできない」と反論して、解釈の違いが浮き彫りとなるのです。結局、アメリカの主張が正しいということでハリスは下田にそのまま滞在することとなります。

一方、領土問題では千島の択捉島が日本領であることでは合意しましたが、樺太では紛糾しました。樺太の国境をどこで線引きするかについて、川路が日本側の間宮海峡の発見などの歴史的事実を根拠に北部のニコライエフスクの対岸あたりまでを日本領と主張しますが、逆にプチャーチン団長は日本人が住む南端のアニワ湾付近だけを日本領と主張し、合意には至りませんでした。

さて、幕府の海防会議にも出席していた韮山の代官、江川英龍が十一月十七日、下田取締りとして下田に到着しました。江川は大砲術を長崎出身の高島秋帆《たかしましゅうはん》に学び、江川の地元、伊豆の韮山では新型の大砲のもととなる鉄を製造する反射炉を造り始めていました。

江川はそれだけでなく、異国船からの攻撃に備えて江戸城防衛のための大砲台場十一基を設置することを提案し、阿部老中の了解のもとで品川沖の構築工事の総指揮にもあたっていました。しかし今回の大災害の発生のため、急きょ阿部老中から下田取締りを命じられたのです。

江川がやったことは海防の分野だけではありません。たとえば、当時の農業指導の第一人者であった小田原藩の二宮尊徳《にのみやそんとく》を地元の韮山に招いたり、日本で初めて食パンの製造を始めたり、大流行していた天然痘の予防用の種痘励行のため真っ先に自分の子供に注射をさせたりして、とにかく新しもの好きで、当時最も多忙なマルチ人間だったと言えるでしょう。

その江川と江戸メンバーの川路は同じ高島秋帆の門下生で、同じ享和元（一八〇一）年生まれで考え方も近かったので、下田に滞在していた川路は江川の下田入りをとても歓迎しました。この江川は下田というより、戸田で大きな役割を果たすこととなります。

# 八、宮島村での交流（一八五四年）

十一月二十六日、いよいよディアナ号が修理のため下田から戸田に向けて出航しました。北西方向におよそ七十キロメートルの海路となります。

既に正しい姿勢を保つことができなかったディアナ号は、出航前に船の中の貯水槽を空っぽにして身軽にしたり、全体のバランスを取るために荷物を船尾にまとめて置いたりしていました。

川路たちはディアナ号が本当に戸田にたどり着けるかを心配してくれて、途中で沈んでしまう時には乗組員たちを助けられるように、下田の商人から買い取った大型の日本船「伊豆丸」をディアナ号に随伴させ、ロシア側からも十八人が伊豆丸に乗り移りました。

なお、下田では引き続き条約の文案を詰める必要があるので、中国語通訳の私ゴシケーヴィチとオランダ語通訳のポシェット、そして私たち二人を警備する水兵三人の計五人が玉泉寺に滞在して下田に残りました。ですから、ここからの下田以外の出来事は、実際に経験したプチャーチン団長をはじめ他の乗組員たちから私が後で聞いた話となります。

下田出航の日は快晴で最初の数時間は風も弱く、伊豆半島最南端の石廊崎《いろうざき》沖を通過して駿河湾に入って順調に北上できましたが、急に西風が強くなり波も荒れてきました。そして大津波で失った舵の代わりに取り付けていた大きな棒が、荒れた波にへし折られて使用不能となってしまいました。

途中で伊豆の西海岸南部の松崎に避難しようともしましたが、近づいてみると松崎は水深が浅くて座礁のリスクがあるため入港を諦めました。やむを得ず北上を続けますが、舵のないディアナ号はついにコントロール不能に陥ってしまいました。

乗組員たちは一睡もしないまま夜が過ぎていき、目的地だった戸田さえも右手に通り過ぎてしまい、翌朝には戸田から北西に約二十キロメートルの宮島村（現在の富士市）の三軒屋海岸の沖合に流されていたのです。

随伴していたはずの伊豆丸はどこにもいません。伊豆丸も流されていて三軒屋海岸から東へ約八キロメートルの原宿一本松海岸に乗り上げていたのでした。伊豆丸は大破してしまいましたが、負傷者は出たものの、ロシア人も下田の役人も全員がかろうじて上陸することができました。

後に地元の日本人から聞いた話では、乗り上げた時に近くの神社で冬の相撲大会が開かれていたそうです。ロシア人の水兵一人が相撲に興味を持って飛び入り参加し、次々と地元の若者を投げ飛ばしたそうですが、決勝では重蔵《じゅうぞう》という若者に敗れてしまいました。大会が終わると、その水兵は勝者の重蔵に敬意を表して持参していたコーヒーカップを贈ったそうです。

コーヒーカップを贈った水兵が誰だったのか、私ゴシケーヴィチは伊豆丸に乗っていた乗組員たちに何度も尋ねましたが、誰も教えてくれませんでした。おそらく、船が大破して負傷者も出ているという状況の中で、調子に乗って相撲大会に参加した水兵がいたことを誰もが隠したかったのでしょう。

一本松海岸の十八人は負傷者の応急処置が終わると、日本の小さな舟五隻に分乗して海路で戸田に届けられようとしましたが、その日もあいにく波が荒れてきたため途中の江の浦で待機することとなりました。そして、後にプチャーチン団長たちと江の浦で合流することとなります。

一方、宮島村の三軒屋海岸沖合のディアナ号には海水がどんどん入ってきて、とても危険な状態でした。この海岸一帯は海底が急に深くなっているため、打ち寄せる波が荒れやすいのです。乗組員たちが交替で水をくみ上げますが間に合わず、船はどんどん沈んでいきます。

プチャーチン団長は乗組員全員に次の指示を出しました。

「このままでは我々は死を待つだけだ。ディアナ号から海岸まで二百メートル近くはあるが、何とか命綱を張って全員が海岸にたどり着こう。船の荷物もできるだけ陸に揚げるのだ。万一に備えて各自の鉄砲も忘れるな」

すぐに乗組員の中から命綱を張る特命隊のメンバー八人が選ばれました。そして、ディアナ号から降ろされたボートに乗り移って、片方を艦に結び付けた巨大な綱のもう一方をがっちりと握って、海岸に向けて漕ぎ始めました。

小雨が降る早朝の海岸には地元の住民千人ほどが集まって、沖合のディアナ号を物珍しそうに見つめていました。そして、巨大な綱を巻き付けたボートが海岸に向かって進み始めると、住民たちは自分たちがこれから何をすべきなのか、すぐに分かりました。

まずは陸に近づいてきたボートを引き揚げて八人の特命隊員を助け、次に特命隊員が持っていた巨大な綱を浜の方へ全員で引っ張りました。老若男女を問わず、そして子供も、みんなが綱をつかんで全力で引っ張ったのです。村の役人までもが傘を投げ捨てて応援に駆け付けて来ました。

住民の一人が、

「異国人を助けるのが良いことなのか、悪いことなのか、自分には分からない」

と言うと、傘を投げ捨てた役人が、

「とにかく、まずは助けるのだ。その後のことはお上がお決めなさる。どうせ、牢屋送りだろうけど」

と諭すように答えました。救いを求める人たちに手を差し延べるという、人間同士の温かいつながりが下田に続いて、ここ宮島村の海岸にも息づいていたのです。

住民のみんなで引っ張った命綱を通して、ディアナ号乗組員五百人近い全員の救助が三日間にわたって続けられました。最初に小さなボートで医者と帆にくるまれた負傷者が移動して、続いて大型ボートで残りの乗組員が六十人ずつ分乗して移動、最後がプチャーチン団長でした。必要な荷物も運び出され、一人の犠牲者も出さずに上陸できたことは奇跡に近かったと思います。

上陸後、乗組員たちはすぐに近くの寺院や民家で寒さをしのぎましたが、大地震でつぶれた家が多くて十分な手当てができません。冬の季節風が吹きすさぶ海岸で、ずぶ濡れの状態で野宿した乗組員も多かったらしく、いくら寒い国ロシアで育ったとはいっても、さすがに参ったことでしょう。

プチャーチン団長は、このような状況でも軍事の備えを怠りませんでした。乗組員たちには上陸してからも午前中の軍事訓練を命じたのです。日本人からの万一の攻撃に備えて、自分たちが反撃の用意をしていること、そして自分たちを負かすことは容易ではないことを示しておく必要があると考えていたからです。

団長は幕府幹部に異国人排斥の攘夷論者がいることを既に知っていました。あの徳川斉昭です。斉昭はディアナ号遭難の情報を聞いて、ロシア人皆殺しの好機と阿部老中に進言していたほどだったのです。

しかし、この団長の備えが全くの無駄に思えるくらい、宮島村の住民の皆さんはできる限りの援助をしてくれました。悪天候を避けられるように大急ぎで囲いの納屋をつくってくれたり、敷物、毛布や着物、履物を持ってきてくれたり、米や酒、みかん、魚、卵などの食料も持参してくれました。

何人かの住民は、体がすっかり冷えて震えている水兵たちの目の前で、上着を脱いで水兵たちに与えてくれたりもしたのです。逆にロシア人が地震で倒れ掛かった家を大勢で元に戻したりして、お互いの惨状の中で何とも微笑ましい助け合いの様子だったそうです。

宮島村の住民たちにとって、ディアナ号の乗組員は生まれて初めて見る異国人でした。記念にサインをもらおうと扇子を持ってきて名前を書いてもらいますが、ロシア語なので何が書いてあるのか、さっぱり分かりませんでした。

地下水の湧き出る数少ない民家で水を飲んで衣服を洗濯したロシア人たちは、持っていた石鹸を感謝の気持ちで民家の住民に差し出しました。それまで石鹸を見たこともなかった住民は、使ってみると汚れがとても簡単に落ちるので、びっくりしていました。当時の日本には石鹸のような洗剤はなく、洗濯には米のとぎ汁などを使っていたそうです。

箱館出身の日本人キセリョフは宮島村の住民に自分が日本人であることを分からないようにするため、私たちが宴会の余興用に使っていた青毛のカツラをかぶって、できるだけ人目につかないようにしていました。

しかし上陸三日目に、地元の老人にキセリョフが日本人であることが分かってしまいました。もしこの老人が役人に届け出れば、キセリョフが密出国を図ったとして牢屋に入れられるのは間違いありません。

プチャーチン団長はその老人が届け出ないように、口止め料のつもりで私たちが将軍へのお土産の予備として持ってきていたロシアの木製人形マトリョーシカを老人に渡しました。老人はそのマトリョーシカをとても喜んでくれましたが、本当に役人に届け出ないでくれるか、団長はとても心配だったそうです。

# 九、ディアナ号の沈没（一八五四年）

ディアナ号が三軒屋海岸の沖合にいた十一月二十七日、日本の元号が嘉永から安政に変わりました。下田を襲った十一月四日の地震と大津波だけでなく、翌五日には紀州沖でも大地震が起こり、二日続けての大災害が発生していたのです。朝廷は多難な年の政《まつりごと》を安んじたいとの願いを込めて、安政と改称しました。従って、十一月二十七日からの元号は安政元年となります。

ディアナ号の乗組員たちは助けてもらった宮島村の住民たちと温かい交流を長く続けるわけにはいきませんでした。なにしろ、沖に浮かぶディアナ号は排水をしていた乗組員がいなくなったこともあって、さらに浸水がひどくなっていたのです。

ディアナ号が海に何とか浮かんでいたのは貯水槽の飲料水を完全に空にしていたからで、艦は既に傾き始めていました。沈没はいよいよ迫っており、とにかく修理を急ぐ必要がありました。

三軒屋海岸では風と波が強すぎて、とてもディアナ号を修理できる状況にはありません。プチャーチン団長が案じている時に、戸田村でロシア人受け入れの準備をしていた上川伝一郎がディアナ号漂着の知らせを聞いて、急いで三軒屋海岸に駆け付けました。

そしてプチャーチン団長に次のように提案したのです。

「このままではディアナ号が沈むのは時間の問題です。一か八か、ディアナ号を地元の漁船で引っ張って戸田までの海路約二十キロメートルを曳航させてはどうでしょうか」

大きなリスクがあることは分かっていましたが、修理のためには他に選択肢はありませんでした。

団長は下田取締りからディアナ号修理の総責任者に任命された江川英龍と相談して、漁船に曳航してもらうこととしました。提案者の上川は宮島村から戸田村までの沿岸の十五歳から六十歳までのすべての漁師にディアナ号の曳航作業に従事するように命じ、参加しない者は罰すると伝えたのです。

安政元（一八五四）年十二月二日の早朝、天気は快晴で波も静かでした。ディアナ号の曳航のため、沿岸の漁船の百隻余りが繰り出していました。作業の前に韮山代官でもある江川が船頭たちを集めて、

「黒船（ディアナ号）を戸田まで届けることができれば、ほうびは思いのままにはずむ。何な

ら年貢を免除してもいいぞ」

と言って気持ちを奮い立たせると、船頭たちから一斉に大きな歓声が上がりました。

ディアナ号に数本の大きな元綱を取り付け、元綱から小さな枝綱をすべての漁船に結び付けると、水兵が海中にもぐってディアナ号の大きな鎖を切り離しました。これで準備完了です。

久蔵《きゅうぞう》という江の浦の漁師が指図役となり、午前八時に曳航を開始すると、まるで大きな虫（ディアナ号）に多数の蟻（漁船）が群がったかのような状態で、多くの漁船に引っ張られたディアナ号がゆっくりと、ゆっくりと動き出しました。

ロシア側はプチャーチン団長たち三十人がディアナ号に乗って排水をしながら同行し、ディアナ号に残していた鉄砲などの武器を持って、途中で日本の船に乗り移りました。

曳航開始から三時間が経過した午前十一時頃、ディアナ号が宮島と戸田の中間地点に差し掛かった時に異変が起こりました。急に黒い雲が広がり始めたのです。駿河湾の冬の黒雲は、天候が激しく荒れる前触れであることを地元の漁師たちは知っていました。天候が荒れればディアナ号だけでなく、綱で繋がっている漁船も共倒れで沈んでしまいます。

久蔵は漁師たちの命を守るため、すべての漁船にディアナ号と結んでいる綱をすぐに切って、近くの岸に逃げるように指示を出しました。もちろん、役人に断ることなく指示すれば自分に重い処罰が待っていることを久蔵は分かっていましたが、事は急を要していました。

予想どおり、役人の一人が久蔵の独断に怒って刀を抜きましたが、死を覚悟の久蔵は、

「海のことはお侍さんより、私たち船頭が一番知っております」

と一言言っただけでした。そして久蔵が予言したとおり、すぐに物凄い風雨となりました。

幸い、久蔵は他の役人の計らいで、何とか死を免れることができました。

ディアナ号は綱を切られた反動で宮島村方面に少し戻った後、艦尾の国旗を空中に上げながら、艦頭から海中にゆっくりと沈んでいきました。ディアナ号艦長のレソフスキーは日本の船頭に、

「ディアナ号と運命をともにしたい。私をディアナ号に近づけてくれ」

と泣き叫びながら懇願しますが、プチャーチン団長から、

「ここで死んでどうなるというのだ。生きて生き抜いて、どうやってロシアに帰国するかを考えろ」

と諭されてしまいました。

他のロシア人たちは、まるで目の前で身近な人間が死んでいくような強いショックを受けて、黙り込むしかありませんでした。

私たちはこうしてディアナ号という、ロシアに帰る手段を失ってしまいました。ディアナ号の沈没を見届けたプチャーチン団長たちは沈痛な思いで陸に上がると、そこで一本松海岸に漂着して江の浦に移動していた十八人と再会しました。

そして、その十八人とともに陸路で多くのロシア兵が待つ宮島村に戻ろうとしますが、その行程では東海道を通らないわけにはいきません。人通りの多い昼間の時間帯に五十人近い異国人を通すわけにはいかないということで、夜中に東海道を西に向けて通って行きました。

明け方に宮島村に戻ると、待っていた江川英龍がプチャーチン団長に話しかけました。

「プチャーチンさん、あと少しで戸田まで曳航できそうだったのに本当に残念でしたね。でも諦めるのはまだ早いですよ。ディアナ号を引き揚げて、改めて戸田に曳航してはどうでしょうか」

「江川さん、お心遣いはありがたいのですが、引き揚げは曳航以上に難しい作業でしょう。しかも、もし引き揚げて修理したとしても、海底に一度沈んでしまったディアナ号はもう使用に堪えないと思います。ディアナ号はきっぱりと諦めますよ。

その代わり、新しい船を造りたいので、ご承認いただきたいのです」

幸いなことに、ディアナ号から持ち出した荷物の中にロシア海軍の雑誌があって、その中にヨットの設計図が載っていることをモジャイスキーが発見していたのです。

団長はこの設計図を基に二十人乗り程度の船を造って、上海に行って迎えの船をチャーターしたいと江川を通して幕府に願い出ました。幕府にとっては思いがけない申し出だったのですが、これは幕府としても本物の西洋船を造る技術を学べるという、願ってもない機会だったのです。

当時の日本船の形状はおわん状の平底だったのですが、西洋船は船底に竜骨を組んで船首と船尾がV字の鋭角を形成させるため安定していたのです。これから造ろうとする西洋船をいずれは返してもらうことを条件に、幕府が資金を提供しての造船を許可しました。

新しい船は小型なので、必ずしも戸田で造る必要はありません。むしろ下田の方が海路で江戸に近いので、江戸からの造船用の資材を運び入れるには便利です。しかも条約の交渉を続行するにも下田が好都合と川路たちは考えましたが、下田奉行の都築が反対しました。

「ご覧のとおり、下田は大津波で壊滅的な被害を受けていて、とても造船をサポートできる状況ではありません。しかも、これからはアメリカ船が続々と来航するので混乱を避けたいのです」

プチャーチン団長も外海から丸見えの下田を希望しなかったため、自動的に戸田と決まりました。

造船場所は戸田となりましたが、ロシア人全員が造船に従事するわけではありません。造船の関係者は戸田村に滞在するとしても、関係しない多くのロシア人たちは地震と津波の被害が比較的少なく、宮島村に近くて物資も豊富な東海道の宿場町の原宿に住むことを希望しました。しかし、日本側は原宿では人通りが多すぎて警備が困難として認めてはくれず、結局は全員が戸田村に住むこととなりました。

こうして、宮島村にいるロシア人の全員が戸田村に移動することとなりました。

宮島村にはわずか一週間の滞在でしたが、地元の人たちとロシア人との感動の触れ合いが村をあげて行われました。私ゴシケーヴィチは下田に滞在していたので詳しい様子は分かりませんが、お世話になった乗組員たちから、何度も宮島村の住民の皆さんへの感謝の気持ちを聞かされたものです。

そして今度は、宮島村から戸田村までを陸路と海路のどちらを通って五百人近くが移動するかが問題となりました。海路なら直線的に進めるので、陸路よりも移動距離はずっと短く二十キロメートル程度ですみます。

逆に陸路となると、伊豆半島が大きくえぐれているため、海岸沿いを進んでもかなりの遠回りとなり、五十キロメートルを超える行程となります。しかも一部の行程は通行量が非常に多い東海道を通らなければなりません。

東海道を異国人が歩けば、何が起きるのか予想もできないため、日本側は海路の移動、つまり船に乗ることを勧めました。しかし、プチャーチン団長はディアナ号の沈没に続く海難事故を恐れて、陸路の移動、つまり徒歩を選択し、荷物だけを船で運ぶこととしたのです。

陸路の移動には丸二日かかりました。東海道を東に吉原宿、原宿、沼津を通り、沼津で東海道と離れて南下して江の浦で一泊、二日目は海岸沿いの峠を越える道を通って戸田村に到着しました。

五百人近い大人数のため二班に分かれ、第一班は十二月六日に出発して沼津藩の藩士が警護して七日に到着、第二班は一日遅らせて七日に出発、小田原藩の藩士が警護して八日に到着しました。

人通りの多い東海道では往来の邪魔にならないように片道をあけて三列縦隊で整然と進みました。下田の大津波で足腰を負傷した二人には、下田にいる川路の配慮で駕籠が用意されましたが、快適な乗り物ととても好評だったようです。

移動する道沿いでは珍しい異国人の行進を一目見ようと人々が押し寄せましたが、ロシア人へ危害を加えるような行為はありませんでした。そして一日目の昼食場所の原宿、宿泊地の江の浦ではとても多くの見物人が集まってきました。

原宿では一人の年老いた女性が行列に近づき見上げるようにして、みかんを差し出すとロシアの水兵はやさしく会釈してこれを受け取りました。宮島村での滞在中だけでなく戸田村への移動中にも、ほんわかするような光景が見られたのです。日本人キセリョフも青毛のカツラをかぶって、何とか日本人と分からずに通り過ぎることができました。

こうして到着した戸田村は、当時の戸数が約六百、人口は三千人足らずの小さな村でした。北半分が旗本の小笠原家、南半分が沼津藩の領地でしたが、ロシア船の造船場所という特命を受けたため、臨時的に幕府直轄となって韮山代官の江川の支配下に入りました。

戸田村の主な産業は漁業と廻船業で、海上輸送を行う廻船業では八軒の問屋があり、魚、米、木材、炭などの物資を大坂や駿河、江戸の業者とやりとりをする中継の港となっていました。

下田をほぼ全滅させた大津波は戸田にも押し寄せていて、溺れ死んだ人は三十人で多くの家が流されていました。戸田村としては津波で疲弊しきっているところに、ロシア人約五百人を受け入れるという幕府命令を受けて、大混乱に陥っていたのです。

戸田村の村民には東海道の三島宿での労働奉仕が課されていたのですが、その免除を幕府に申し出たほどだったのです。その申し出は認められませんでしたが、それほどに村は疲弊しきっていました。

戸田の住民の皆さんにはありがた迷惑だったわけですが、戸田は船の建造には地形的に最高の港でした。

沿岸流でできた砂州が長さ七百五十メートル、幅百九十メートルで突き出ています。また、西は駿河湾の海、西以外の三方は険しい山に囲まれていて外からは全く見えません。入江は東西・南北とも約一キロメートルの巾着形で、円形の砂浜に囲まれた湾内はとても穏やかでした。

しかも入江の入口は四百メートルと狭く、駿河湾を通る船からはよほど注意をしないと気付かれません。イギリス艦やフランス艦から発見されることを恐れていた私たちを安心させるに充分な隠れ港でした。しかも水深も深く、造船の条件としても申し分ありませんでした。

前もって準備のため戸田に到着していた現地指図役の上川は、津波で気持ちが落ち込んでいた村民たちを励まして、機敏に受け入れの態勢を整えてくれていました。団長は上川の周到な準備に大変感謝しています。

とりわけ住居についてはプチャーチン団長たち上士官が宝泉寺《ほうせんじ》、下士官が隣の本善寺《ほんぜんじ》、そして水兵たちの住居は突貫工事で本善寺の隣の場所に四棟の長屋が既に新築されていました。長屋は一棟の長さが五十一メートルにも達しており、炊事場と浴場も付いていました。トイレも作っていたのですが、日本人が作ったトイレではロシア人には小さすぎたため、入居後に新しく作り直しました。

# 十、新船の建造が始まる（一八五四年）

船を造るには、まずは設計図の作成です。幕府に願い出た時には二十人乗りの小さな船で上海へ行くつもりでしたが、クリミア戦争が激化しているという情報が入ってきたため、上海に行けばイギリスの軍艦に捕まってしまう危険が高くなってきました。

そこで、少し大きめの五十人乗り程度の船で東ロシアに行く計画に変更して、プチャーチン団長はイギリスやフランスの艦隊が現れたらすぐに逃げられるように、スピードが速く、しかも三カ月分の食料と五十人分の鉄砲が載せられる船を設計するように指示しました。

しかし、乗組員に船の設計を経験した者は一人もいません。そこで、写真と絵画が得意なモジャイスキーが中心となって、雑誌掲載のヨット設計図を参考としながら設計に取り掛かりました。作図場所には廻船問屋の広い屋敷が提供されて、ロシア人設計者たちは建造する船と原寸大の設計図の作成に取り掛かりました。船と原寸大の図面なので、とても大きかったのです。

一方、日本側のサポート体制は充実していました。トップの造船取締役には、ディアナ号修理の総責任者からの横滑りで江川英龍が就任しました。江川は造船術でも当時の第一人者で、まさに適任だったのです。

江川は十二月六日から十一日まで戸田に滞在して、部下たち家臣団に的確に今後の指示を出しました。江川の家臣団は江戸と現地の戸田に分かれており、江戸メンバーが船の材料探しに奔走し、戸田メンバーが現場の治安維持に努めながら船の建造に協力、取り締まりを行いました。

また、交渉団の川路は下田に滞在していましたが、川路の部下の中村為弥、上川伝一郎が戸田に常駐して村や建造現場の取り締まりに当たりました。特に中村は温和な人柄で、言葉は通じなくても日本人とロシア人のつなぎ役という大事な役目を担っていました。

造船取締役として適任だった江川でしたが、残念ながらその期間はとても短いものでした。新船建造の準備の見込みが付いたので、江川は戸田から地元の韮山に戻りましたが、品川台場の築造工事から休みなしで続いた仕事の疲れがどっと出て寝込んでしまったのです。

皮肉にも、幕府の江川に対する手厚い処遇も彼の体調には良くありませんでした。タイミングが悪いというべきか、江川を勘定奉行に昇進させてしまったのです。現代でいえば財務次官という、とても重要な役職です。忙しい人には新しい仕事が追加されてさらに忙しくなるという現象は、幕末も現代も変わらないようです。

江川はその任を受けるため病気を押して江戸に到着しましたが、さすがに無理がたたって翌年の安政二(一八五五)年一月十六日に帰らぬ人となってしまいました。死因は肺炎ということになっていますが、働き過ぎによる死亡、現代風に言えば過労死と言っていいのかもしれません。

幕末という激動の時代に江川英龍という軍事の逸材を失ったことは、幕府にとって大きな痛手となりました。幕府は十三年後に崩壊してしまいますが、もし江川が長生きしていれば、幕府はもう少し持ちこたえていたのかもしれません。

江川がいなくなった戸田では造船取締役が空席となりましたが、現場では上川伝一郎が指揮を執りました。また、戸田村の八軒の廻船問屋は幕府から造船御用掛という役職を拝命して、造船に必要な材料、道具、職人や人夫、食料などを手配しています。

設計図の作成と並行して、戸田港内の新船建造の場所は南岸の牛《うし》が洞《ほら》に決まり、すぐに作業小屋が建てられました。船の設計が行われている間、牛が洞では建造に向けて台座や滑車などが着々と製作されていきました。

私ゴシケーヴィチも後に戸田に滞在することとなります。滞在してから分かったことですが、建造場所の牛が洞と湾の入口、富士山はほぼ一直線上にありました。牛が洞から見える富士山は海の上に浮かんでいるようで、広々とした美しさがあってとても優雅なのです。建造に携わった人たちも同じ風景を毎日のように見て心を癒やされたに違いありません。

十二月二十四日、いよいよ新船の建造が始まりました。戸田をはじめ伊豆の西海岸は切り立った険しい崖が続くため、古くから交通は船に頼っており、船を造る技術ということでは当時の日本でトップレベルだったのかもしれません。造船場で技術指導役のコロコリツェフ少尉をはじめロシア人の技術者たちも日本人の船大工の優れた技術に驚いています。

船大工は当初は二十五人程度でスタートしましたが、のちに六十人に増えました。戸田村だけでは足りないので、伊豆西海岸の土肥《とい》や松崎からも参加しましたが、大きな役割を果たしたのは、やはり地元の戸田村の船大工たちでした。

特に、寅吉《とらきち》は三十一歳と比較的に若いながらも責任感が強く、建造の中心的な人物となりました。

この新船の建造を経験した寅吉は、一年後には幕府が長崎で開く海軍伝習所の一期生として勝海舟《かつかいしゅう》たちと学び、二期生の榎本武揚《えのもとたけあき》と一緒にオランダにも留学しています。後の明治期になると、上田寅吉として横須賀造船所の技師長となって数多くの軍艦を建造しています。寅吉にとっては、すべての出発点が戸田村での新船建造だったのです。

もう一人の船大工を紹介しておきましょう。嘉吉《かきち》です。というより、息子の緒明菊三郎《おあききくさぶろう》が明治期に活躍しました。ロシアの造船に携わった父の嘉吉から造船術を伝授された菊三郎は、東京の品川砲台跡地に造船所を設立して、造船業と海運業で大成功しています。

建造がスタートしましたが、日本人とロシア人の間では建造に関する様々な戸惑いがありました。たとえば日本とロシアで長さや重さの単位が全く違っていたのです。そして建造の現場しには、共通言語のオランダ語が分かる者がロシア側のシルリングと日本側通訳の本木昌造《もときしょうぞう》しかいなかったため、上手くコミュニケーションが取れないといったハンデもありました。

しかも西洋船の造船作業には専門用語が多く、その専門用語に該当する日本語が当時は存在しないという状況を想像してもらえれば、コミュニケーションがどれだけ大変だったかを理解してもらえると思います。

しかし、現場の日本人の皆さんにはそれ以上に本格的な西洋船を造るという強い意欲、そして新しいものを生み出すという喜びが充満していました。

日本人にとっては何事も手探りでしたが、みんなの熱っぽさは様々な不自由を克服していきました。時には通訳を通して、時には身振り手振りで、技術指導のコロコリツェフ少尉を中心としたロシア人技術者の指示や指導に従って、日本人大工の技術も上達していきました。そして新しく船の骨格となる肋骨を組み立てるたびに嬉しそうに、そして得意げに微笑んでいたのです。

作業時間は日曜を除いて午前が五時三十分から十一時三十分まで、午後が一時三十分から暗くなるまで続けられました。昼食はロシア人が宿舎に戻って食堂で食べて、日本人は弁当を持参していました。

建造の資材は釘などの金属類は江戸から、木材は沼津の松や近隣の楠などを使用しました。鍛冶は優れた鍛冶工がいる沼津に注文し、必要に応じて鍛冶師を沼津から動員しますが、それでも間に合わなくなったため現場の牛が洞に仮鍛冶場を作って諸道具の製作を始めました。錨に使う大形の鉄鎖は当時の日本の技術ではできなかったので、麻縄にタールを浸透させたロープで代用するなど、いろいろな代用品も作成していきました。また、タールの蒸留については日本人に知識が全くなく、ロシア人が小さな木桶いっぱいに黒色のタールを採取した時には、日本人たちは驚きと喜びで我を忘れていました。

資金提供者の幕府も西洋船の技術を吸収しようと必死でした。建造を監視して日本人の作業を監督する専任の二人の役人を置きましたが、この二人は日本人を監督するというよりも、あらゆることをロシア人に質問して詳細に記録していました。

伊豆の戸田村で西洋船を建造しているとのニュースは、その建造を目指していた全国の諸藩にも知れ渡りました。

実はその少し前に、外見だけは西洋船と思える船が三隻、日本国内で建造されていたのです。その三隻とは、幕府の浦賀奉行所の鳳凰丸《ほうおうまる》、水戸藩の旭日丸《あさひまる》、薩摩藩の昇平丸《しょうへいまる》です。鳳凰丸が嘉永七（一八五四）年五月に、旭日丸と昇平丸が同年の安政元（一八五四）年十二月に完成していました。つまり、旭日丸と昇平丸は、戸田村で西洋船の建造を始めた同じ月に完成していたということになります。

しかし、これら三隻は設計図を基に建造されたわけではなかったので、外見は西洋式を真似てはいても内部の構造は日本式のままであり、薩摩藩の昇平丸が鹿児島から江戸までの航海に成功した以外は、実用ではそれほど役には立たなかったのです。特に水戸藩の旭日丸は存在そのものが厄介な船として「厄介丸《やっかいまる》」というあだ名を付けられるほどでした。それにしても厄介丸とはひどい呼び方です。

その水戸藩からも徳川斉昭の命を受けて、江戸の石川島造船所の十一人が調査のため戸田村にやって来ていました。長州藩からも藩士が訪れて造船を学んでおり、早くも安政三（一八五六）年に同じ西洋式軍艦を完成させています。戸田の村民たちは普段は武士の姿を見ることさえも珍しかったため、諸藩からの見学者の多さにとても驚いていました。

浦賀奉行所の鳳凰丸を造った中心人物の中島三郎助《なかじまさぶろうすけ》も来ていました。中島はアメリカ艦隊の浦賀沖来航で最初に応対した奉行所の下級役人でしたが、その直後に幕府が浦賀に造船所を開いたため、中島は船の建造や運転に自らの才能を見出して、長崎海軍伝習所の一期生として勝海舟や戸田村の寅吉とともに学んでいます。

後の明治二（一八六九）年箱館での戊辰戦争で、中島は旧幕府軍の主力艦「開陽丸《かいようまる》」の機関長として従軍しました。開陽丸の江差沖での座礁沈没後は陸兵の指揮者となって、息子二人とともに勇敢に戦って幕府に殉じています。その勇敢な戦いぶりは敵であった新政府軍の語り草となり、その周辺は中島町という地名になっているくらいなのです。もし中島が生き残っていたら、明治期に立派な軍艦を何隻も建造していたに違いありません。

# 十一、戸田《へだ》村での交流（一八五四年）

ロシア人たちが戸田に到着した旧暦の十二月初めは現在の太陽暦では一月中旬に相当します。日本の季節では冬ですが、寒さに慣れたロシア人にとっては秋そのもので非常に快適でした。プチャーチン団長はここでも水兵たちのやる気を保つため、船の建造に関与していない者たちには射撃や銃剣、行進などの練習をさせていました。

一方、受け入れ側の戸田村の人々は本当に純朴そのものでした。住民三千人足らずの村に、ロシア人約五百人だけでなく造船のための大工、人夫、幕府の役人なども加えると約八百人という臨時の住民が加わったわけです。津波で疲れ切っていた海辺の小さな村は大騒ぎとなりましたが、村民の皆さんは私たちを温かく迎えてくれました。

資金は幕府が出してくれるとはいうものの、住民たちは臨時の住民の食事の面倒も見ることとなり、その八百人分の食料を確保するだけでも大変な苦労でした。戸田に限らず西伊豆地方は山だらけで平地がほとんどないため、もともと農作物が充分に収穫できません。そのため、米などの主食は江戸から海路で運ばれました。

食習慣の違いによる戸惑いも大きかったのです。当時の日本人は肉を食べません。しかも戸田では魚がたくさん獲れるのでタンパク源には事欠かないのです。この地域だけにしか採れないという、二メートルにも及ぶ足を持つ高足ガニを私たちロシア人も食べて美味しかったのですが、やはり私たち肉食系は本物の肉を食べたがりました。

そのため、地元の猟師たちが天城の山まで出かけて鹿や猪を狩ってくることもありました。時には下田に入港してきたアメリカ船から肉を買い付けて戸田に届けてもらったこともあります。

私たちは牛乳も飲みたくなりました。当時の日本人にとって牛という動物は農作業を手伝うパートナーであり、殺して肉にするとか、その乳を絞る対象ではなかったのです。私たちが牛の乳を絞って飲んでいると、村民たちは気味悪がって逃げ出していました。

幕府から支給される米、いも、野菜や酒だけでは満足できない水兵たちも多く、宿舎をこっそり抜け出して、民家の裏口で物々交換をしたり、地酒を分けてもらうことが楽しみとなっている者もいました。

三方が険しい山に囲まれた戸田村はもともと陸の孤島とも言えるのですが、私たちロシア人が滞在していた時は完全に外部と切り離された状態でした。外海が一望できる所に見張り小屋が置かれ、陸路で村外と通じる六カ所には臨時の番所が設置されて外部からの侵入者を防ぐだけでなく、ロシア人が逃げないように監視もしていました。

村ではいつも役人が見回っていました。取締りの上川伝一郎が人家に入り込んで乱暴したロシア水兵を日本式に縄で後ろ手を縛り上げたことがありました。違反者に対する容赦ない上川の処置にロシア人は恐れおののき、それ以降に不祥事を起こす者はいませんでした。

戸田に限ったことではありませんが、当時は異国人との接触や交際は固く禁じられていて「(異国人から) 貰うな、(異国人に) やるな、(異国人と) 付き合うな」が合言葉となっていましたが、西洋船の新しい知識を吸収しようと必死になっている最中にロシア人との交際を禁止するというのは、もともと無理な話でした。ロシア人からお金や物をもらったら役人に届けるという規則が守られたのは最初だけだったのです。

プチャーチン団長の紳士的な人柄は私たち部下にも浸透していたので、歓楽の下田とは大違いで閑静な戸田でのロシア人の評判はとても良かったそうです。

団長の態度は女性に対しても徹底していました。建造現場を指揮していた上川が、

「プチャーチンさんがご希望ならば、若くて元気のよい特殊な職業の女性、はっきり言えば遊女たちを戸田に連れて来ますよ。彼女たちの住む家は二日もあれば建てることができますから」

と提言しましたが、団長は、

「それは貞潔と道義の考えに反します。私たちは女性を第一に人間として見るので、みだらな

目つきで婦人の全身をじろじろと見るということはしません」と断ったそうです。この会話を聞いていたロシア士官の中には、口には出しませんでしたが大変残念がった者もいたようです。

さて、問題の日本人キセリョフですが、彼はできるだけ日本人の人目を避けていたのですが、戸田は小さな村です。さすがに一週間いただけで、見張りの役人に日本人であることを気づかれてしまいました。しかし幸いなことに当時、戸田村の役人を取り仕切っていたのは中村為弥だったのです。

条約交渉の準備を通じて中村と親しくなっていたプチャーチン団長は、中村に次のようにお願いしました。

「中村さん、キセリョフはとても優秀です。私たちと一緒になってわずか三カ月しか経っていないのに、今ではロシア語で会話も出来るようになってきました。

私の勘ですが、キセリョフは将来、私が望んでいる日本とロシアの友好に貢献してくれそうな気がするのです。貴国で密出国未遂が無罪というわけにはいかないのかもしれませんが、今後が大いに期待できるキセリョフに寛大なる処罰をお願いします」

中村は義理堅い性格で団長を尊敬してもいたので、最善を尽くしてくれました。その中村と下田にいる川路が江戸との交渉で尽力してくれたおかげで、キセリョフは江戸の牢屋に一週間入るだけで、その後は郷里の箱館に戻って解放されることとなりました。

団長はキセリョフとの別れ際に、

「キセリョフ君、箱館に戻ることとなって残念だろうが、大きな罪とならなくて本当に良かった。今の世はとりあえず、生き延びることが大事なのだ。

私たちは建造中の船が完成したら東ロシアに向かうが、途中で必ず箱館に立ち寄るから、そこで再び密かに船に乗せようと思う。箱館に着いたら君を迎えに行くので、君の住所を教えてほしい」

と言うと、キセリョフは片言のロシア語で答えました。

「団長と乗組員の皆さん、本当にお世話になりました。短い間でしたが、私は皆さんと一緒に行動できて、とても楽しかったです。

住所はここに漢字で書いているので、下田にいるゴシケーヴィチさんに渡してください。箱館で首を長くして皆さんを待っているので、必ず迎えに来てくださいよ」

キセリョフは、大泣きしながら幕府の役人に連れられて、江戸に向けて出発していきました。

プチャーチン団長には、おくめという十六歳の沼津藩の上級藩士の娘が召使いとなって、身の回りの世話をしていました。おくめは廻船問屋で仮奉行所が置かれた屋敷に住み込んで、団長が住む宝泉寺に日曜以外の毎日通っていました。

おくめは慎み深く弁天様のように美しくて気立てがよかったので「弁天おくめ」と呼ばれて、

団長だけでなくロシア人のみんなに人気がありました。

そのおくめに造船現場で技術指導をしていたコロコリツェフが一目ぼれしてしまったのです。コロコリツェフは当時二十二歳で軍艦の技術に明るく人望もあったので、将来が楽しみな技術系の軍人でした。

コロコリツェフは、おくめがプチャーチンへの奉仕を終えた宝泉寺の帰りに近付きたかったのですが、コロコリツェフ自身が現場で指導をしているため、暗くなるまで現場を離れることが出来ません。

おくめにどうしても近付きたかったコロコリツェフはある日、思い切って仮病を使うこととしました。コロコリツェフのボス的存在のモジャイスキーに風邪と偽って早めに自分の住居の本善寺に帰らせてもらって、隣の宝泉寺から奉仕を終えたおくめが出てくるのを待ち伏せしたのです。

案の定、おくめは日暮れになる前に宝泉寺から出てきました。おくめの住居までは歩いて五分もかかりません。コロコリツェフは急いでおくめを追いかけ、ロシア語で「付き合ってほしい」と話しかけました。

ロシア語で話しかけられても、おくめには何を言われているのか理解できません。おくめが大変驚いていているうちに住居の前まで来てしまったのです。その日のコロコリツェフは、それ以上は諦めざるを得ませんでした。

翌日、コロコリツェフは意を決してモジャイスキーに、おくめと付き合いたいこと、そのため毎日一時間だけ早退させてほしいことをお願いしたのです。モジャイスキーは突然の依頼に驚いていましたが、可愛い後輩でもあるコロコリツェフの恋を応援するため了解したのでした。

それからのコロコリツェフは毎日、おくめにアタックし続けました。アタック十回目にしてようやく、おくめもコロコリツェフの誠実さが分かったようで付き合うことを認めてくれたのです。

それからは、おくめは宝泉寺の前で待ち、コロコリツェフがおくめを迎えに来て砂州の松林で暗くなるまで愛を語り合ったのでした。最初はまったく言葉が分からなくても男女間のロマンスは何とかなるものです。花、動物などの簡単な名前の日本語とロシア語の教え合いから始まり、二人は時間を忘れて語り合いました。

おくめの帰りが遅くなったので、心配したのは廻船問屋の主人でした。何しろ、おくめは沼津藩の上級藩士の娘なのです。嫁入り前に何かあったら、おくめの両親に申し訳が立ちません。主人はおくめに遅く帰るようになった理由を問い詰めますが、おくめは答えませんでした。やむを得ず、主人は上川を通じて、おくめが奉仕しているプチャーチン団長に問い合わせをしたのです。

その団長は既にコロコリツェフとおくめのロマンスを知っていました。宝泉寺を出たおくめがコロコリツェフと一緒に歩いているところを何度も見かけていたからです。団長自身もイギリス滞在中にイギリス女性のマリヤと結婚していたので、国際恋愛に反対する理由は何もありませんでした。むしろ二人のロマンスを陰ながら応援していたのです。

団長は上川に言いました。

「上川さん、私も忙しくなって、おくめさんに身の回りの世話をしてもらうことが前より増えてしまいました。毎日、遅くまで働いてもらって本当に申し訳なく思っています。超過勤務の手当はしっかり払うので、しばらくはご勘弁ください」

この団長の強力な援護を受けて、コロコリツェフとおくめはロマンスを続けることができたのです。おくめがさらに団長の奉仕に励んだのはもちろんですが、コロコリツェフもやる気が倍増して造船現場の指導に磨きがかかりました。そのため、建造のスピードも上がっていったのです。

おくめが奉仕していたプチャーチン団長は、三月に戸田から出航していくこととなります。普通であれば、おくめはその時点で御役御免となって沼津に帰るのですが、おくめには私ゴシケーヴィチの召使いとなってもらい、引き続き宝泉寺に通ってもらうこととしたのです。私たちロシア人は全員でコロコリツェフの恋をサポートしてあげました。

使節団に同行していた神父のマホフは、ロシア帰国後に執筆した『フレガート・ディアナ号航海記』で戸田村での生活について次のように記録しています。

「気候はいつも暖かく快適そのもので、毎日二回から三回は川の水浴を楽しんだ。村の通りはとても清潔だが、住民の家は箱館や下田で見たものよりもずっと粗末だった。住民の信仰心は強くはないが、思いやりがあり人を愛する気持ちが強い。

住民が食べる量はロシアの子供が食べる量よりも少ないくらいの小食だが、竹の子は好物だった。いつもお茶を飲んでおり、タバコを吸うことにも異常に熱心。

時計を持たない日本人がどうやって時刻を知るのか、特に昼食の時間がどうして分かるのか、最後まで分からなかった。（当時の日本は不定時法という、日の出と日没を基準に昼と夜を六等分して一刻としていたため、季節によって一刻の長さが違っていました。マホフが不思議がったのも無理はありません）

自分マホフは二人の日本人のお坊さんと親しくなり、ほとんどの時間をこのお坊さんたちと過ごした。初めは手真似で、やがて少しだけでもお互いに分かり合える言葉で語り合った」

マホフと私ゴシケーヴィチは、三年後にも箱館で一緒に行動することとなります。

# 十二、下田で条約締結（一八五四－一八五五年）

戸田で新船の設計に取り掛かっていた頃、私ゴシケーヴィチが滞在していた下田ではアメリカ艦の訪問と日露間の条約交渉が同時に進んでいました。

十二月九日に、ペリーのアメリカ艦隊でナンバーツーの参謀長の地位にあったヘンリー・アダムスが三月に結んだ日米和親条約の批准書を交換して条約を確定するため、軍艦ポーハタン号で下田にやってきました。ポーハタン号はペリー再来航時に主力となった軍艦でもありました。アダムスは条約を結んでから五月まで下田に滞在していたので、大津波による下田の変わり果てた惨状にとても驚いていました。

ポシェットと私はアダムスを表敬訪問しましたが、この訪問は同じく下田に滞在していた川路を大変慌てさせたようです。

私たちはアダムスにディアナ号の沈没までのいきさつを、逆にアダムスは私たちにカムチャッカのペトロパブロフスク攻防でロシア守備隊が英仏軍に勝利した様子を話しただけだったのですが、川路は日米和親条約の内容がアダムスから私たちロシア側に漏れることを恐れていたのです。私たちもアダムスにその内容について尋ねたのですが、アダムスは日本に遠慮して教えてはくれませんでした。

そして安政元（一八五四）年十二月十四日がやって来ました。その日は、下田の町が歴史的に一番輝いていた日と言ってもいいでしょう。ロシアとは長楽寺《ちょうらくじ》で、アメリカとは玉泉寺で、二つの大国との重要な会談が同時に下田で行われたのです。

私たちロシアとの交渉の日本側のオランダ語通訳は森山のライバルでもあった堀達之助《ほりたつのすけ》が担当しました。いつもの通訳である森山栄之助はアメリカとの交渉に出席しており、通訳にとっても大忙しの日だったのです。

堀達之助はアメリカのペリー艦隊が浦賀沖に来航した時に浦賀奉行所役人の中島三郎助とともに、最初にアメリカ艦船に乗り込んで来航の用件を聞き出した通訳でした。最初に英語で「アイ・キャン・スピーク・ダッチ（オランダ語を話せます）」と言ったと言われています。

この日は樺太の国境問題で川路とプチャーチン団長の間で紛糾しました。

「プチャーチンさん、国境を定めないと後世の紛争の種となるので、樺太の国境を決めましょう。

そもそも樺太が島であることを初めて確認したのは日本人の間宮林蔵《まみやりんぞう》で文化五（一八〇八）年のことです。ロシアが樺太島を知ってアムール川河口にニコライエフスクという町を作ったのは嘉永三（一八五〇）年と聞いています。つまり、日本の方が四十年以上も早いのですよ。樺太全部を日本領と言いたいところですが、ここは百歩譲って蝦夷アイヌが居住する場所は日本領、それ以外はロシア領としてはどうでしょうか」

「川路さん、蝦夷アイヌといっても数種のアイヌがいて、とても日本人とは思えないアイヌもいます。蝦夷アイヌが住む土地のすべてを日本領というわけにはいきません」

結局、今回も議論は平行線のままで結論は出ませんでした。

プチャーチン団長にとって最大の使命は日本と条約を結ぶことです。ディアナ号を失ってい つ帰国できるか分からなくなっていた団長としては、アメリカ艦ポーハタン号が滞在している うちに何とか条約を調印して、その条約文をアメリカ船に託そうと考えました。そのため、団長はかなり日本側に妥協して条約を結ぶこととしたのです。

そして十二月二十一日、日露和親条約が下田の長楽寺で結ばれました。

国境について千島は択捉島とウルップ島の間に定められ、樺太は結局、時間切れで国境を定めない両国の雑居地という扱いとなりました。悪く言えば結論を先延ばしにしたのです。

日本の開港では、日本側が初めに提示していた下田と長崎に加えて、ロシア側が望んだ箱館の開港も認められました。団長が箱館の次に希望していた大坂かその近くの港の開港は日本側が最後まで認めませんでした。おそらく、京都の朝廷に近いというのが理由だったのでしょう。

その代わり、団長が強く希望していた領事の駐在については下田か箱館のどちらかに置くことが認められました。

何とか条約の調印となり、交渉場所となった長楽寺では成立を祝ってパーティーが開催されました。もし大津波の災害がなければ条約の締結を下田の町全体で祝ってくれたのでしょうが、災害直後の下田にはとてもそんな余裕はありませんでした。

それでもプチャーチン団長は喜びを顔面いっぱいにあふれさせて、

「日本と外交関係ができて本当にうれしい。このプチャーチンの命がある限り、ロシアには日本が不利になるようなことは絶対にさせませんよ」

と言って日本側を喜ばせてくれました。

和親条約はアメリカ、ロシアだけでなく、イギリス、オランダとも結ばれています。共通する内容が多いのですが、ロシアだけに見られる特徴的な内容は国境画定だけでなく、自国民はその国の領事が裁判できるという、領事裁判権がロシアだけでなく日本側にも認められたことでした。

これは、川路が会談の席上で、

「ロシア人が日本にいる時だけでなく、日本人がロシアの地にいる時も同様の扱いをしてほしい」

と注文を付けていたからです。

川路としては樺太がロシア領となる場合に備えて、ごく少数とはいえ樺太に在住する日本人を保護するための注文だったのですが、これこそが川路の大ヒット作でした。領事裁判の意味さえもよく分からない幕府高官が多い中で、川路は当時としては珍しく外交的なセンスを持っていた人物だったのです。

一方、アメリカのアダムスは帰国する船を失った私たちに手を差し伸べてくれました。

「プチャーチンさん、ロシアに帰国できなくて大変でしょう。これから私たちは上海に向かうので、皆さんもご一緒にいかがですか。上海まで行けばロシアへの帰国も何とかなるでしょう」

「アダムスさん、お心遣いはありがたいのですが、私たちロシアの軍人が上海に行けば、おそらくイギリス艦に抑留されてしまうでしょう。上海ではなく東ロシアまで送還してもらえればありがたいのですが……」

「プチャーチンさん、私たちアメリカはクリミア戦争の中立国です。アメリカの軍艦がロシア軍人をロシア領内へ送り届ければ、アメリカがロシアに加担していると見なされます。それだけはできないですね。

民間の商船なら、軍人の輸送でもビジネスと見なされるので可能ですよ。上海に行ったらアメリカの商船に声をかけてみましょう」

「アダムスさん、助かります。よろしくお願いします」

そして団長は締結したばかりの日露和親条約の写しを自らアメリカ艦ポーハタン号に持参し

て、アメリカの都ワシントンのロシア公使館に届けてくれるように依頼し、アダムスは快く引き受けてくれました。

日露和親条約では下田と箱館のどちらかに領事を置くことが認められたわけですが、これが締結後の年明けに日本サイドで大きな問題となってしまいました。

安政二（一八五五）年一月三日に川路が江戸城に登城して条約締結を報告したところ、領事の駐在がロシア側の意向だけで可能であることが問題とされたのです。アメリカにも認めていない領事の駐在をロシアに認めるわけにはいかないというのです（本当はアメリカに領事駐在を認めていたのですが、日本がそれを知るのはハリスの来日時となります）。

阿部老中は領事の駐在を取り消すように川路に再度の下田行きを命じました。川路は結んだばかりの条約の一部撤回を相手に求めるという、非常に気の重い再交渉をプチャーチン団長としなければいけなくなってしまったのです。下級役人から自分を引き上げてくれた阿部老中に逆らうことは、さすがに出来ませんでした。

川路は一月十日、長崎奉行から戻って来たばかりの水野忠徳、後の日米修好通商条約の締結で活躍する岩瀬《いわせ》忠震《ただなり》とともに、下田の復興と開港後の取り締まり強化のため、下田表取締掛という臨時の役職に任命されました。

川路は二月十二日に江戸を出発して下田に向かいますが、川路としては再交渉を急ぐ必要もなかったので、珍しく寄り道をして熱海で入湯を楽しみました。六日後に下田に到着してプチャーチン団長の下田訪問を待ちますが、団長が下田を訪れる気配がありません。仕方なく川路たちの方から戸田村を訪問することとしました。

水野、岩瀬とともに戸田に到着すると、川路はプチャーチン団長に水野、岩瀬を紹介しました。水野は長崎奉行として前年三月に団長に長崎で会っていたので、お互い懐かしそうに挨拶をしました。

「水野さん、お久しぶりです。長崎奉行のお勤め、お疲れ様でした。一年前の長崎でお会いした時は慌ただしく出航して、大変失礼しました。何しろ、イギリスの軍艦が現れるかもしれなかったものですから。

そういえば、ある人から長崎で半年前に日本とイギリスで条約が結ばれたと聞きました。水野さんも長崎奉行として関係されたのではないですか」

「プチャーチンさん、伊豆でもお会いできるとは思ってもみませんでした。長崎では、あなたに地元名産の有田焼の陶器を差し上げようと準備していたのですが、すぐに出航されたので、渡すことが出来なかったのですよ。

イギリスと締結した和親条約ですが、確かに私も交渉担当の一人でした。貴国ロシアはイギリスと交戦中のため、プチャーチンさんに条約の詳しい内容を申し上げられませんが、イギリスへの開港地は長崎と箱館だけです。イギリス艦は下田には来航しないので、どうぞご安心ください」

　プチャーチンと水野の長い挨拶がようやく終わると、川路は率直に、

「プチャーチンさん、切腹覚悟の交渉です」

　と前置きして、自分が幕府内で苦境に立たされていることを正直に告白しました。

「江戸で日露和親条約を報告したところ、幕府首脳が領事の駐在をどうしても認めてくれないのです。結んでしまった条約を変更することは信義に反することは重々承知しておりますが、ロシア領事はアメリカ領事より前には派遣しないという保証がどうしても必要なのです。何とぞ、何とぞ、よろしくお願いします。

　もしプチャーチンさんから保証がもらえなければ、私は罷免されて隣にいる水野が担当することとなります」

　切腹覚悟というだけあって、この日の川路は殺気立っていました。プチャーチン団長は今まで信頼関係を築き上げてきた川路にここまで頼まれて、見捨てることはできませんでした。

　一晩考えた末に、

「川路さん、条約の写しは既に本国に送っているので条約文の変更はできませんが、領事を置く時には日露で事前に協議すると私が覚書を書くということで、いかがでしょうか」

　と救いの手を差し出しました。

　さすが、私ゴシケーヴィチが尊敬するプチャーチン団長です。これを聞いて川路もようやく

安堵したのでした。同席していた水野と岩瀬はおそらく、川路と団長の信頼関係を見習いたいと思ったことでしょう。

なお、日露和親条約が結ばれた旧暦の十二月二十一日は、現在の暦では二月七日となります。日本政府は条約締結から百年以上も経過した昭和五十六（一九八一）年から二月七日を「北方領土の日」と定めています。日露和親条約では択捉島から南は日本の領土と決められていたからです。

# 十三、ロシア人の帰国（一八五四－一八五五年）

日露和親条約締結の十日前の安政元（一八五四）年十二月十一日、クリミア戦争の敵国フランスの捕鯨船が日本人漂流民の送還のため下田に入港してきました。日本には「飛んで火にいる夏の虫」という諺があるそうですが、私たちにとって、このフランス捕鯨船はまさに夏の虫でした。軍艦と違って守備能力が劣る捕鯨船を奪い取って、ロシアへの帰国船として利用しようと考えたのです。

その時、下田にいた私ゴシケーヴィチは、プチャーチン団長が条約交渉のため戸田から下田に向かう途中で、伊豆西海岸南部の松崎に宿泊していることを知っていました。

フランス捕鯨船の下田来航を一刻でも早く団長に報告するため、私が水兵の一人とともに夕方に下田奉行所に立ち寄って松崎に向かう山道を教えてもらった後、下田から真っ暗となった道をひたすら歩き続けました。

行灯を持ちましたが、本当に真っ暗な道なので、途中で熊などの野生動物に襲われるかもしれないとドキドキもしました。水兵と励まし合いながら明け方に何とか松崎に到着してプチャーチン団長に報告した途端、私は安堵と極度の疲れで寝込んでしまったのです。

後から聞いたことですが、下田奉行所の役人が私たちの夜の通行安全のため、尾行してくれていたそうです。日本人は本当にやさしい人たちだと改めて思いました。

私からの報告を聞くと、団長はすぐにフランス船の乗っ取り作戦を戸田にいるメンバーに指示し、七十名をボートで下田に急航させました。もし乗っ取りに成功すれば新船建造の手間も省けるのです。

しかし、ボートが下田に到着した時には既にフランス船は下田湾を去っていました。フランス船はロシア人が下田にいることを察知したようで、日本人漂流民をアメリカのポーハタン号に渡して、慌てて出航していたのです。

問題は、フランス船がどうしてロシア人がいることを知ったかということでした。プチャーチン団長はフランス船の船長と会話したという通訳の森山栄之助を疑って詰め寄りました。

「森山さん、どうしてフランス船に私たちのことを教えたのか。フランス船を奪ってロシアに帰れると思っていたのに、これでは計画が台無しだよ」

「プチャーチンさん、私はフランス人に英語が通じるかを試すために英語で挨拶しただけで、何も言っていませんよ。私もフランス船が急に出航していったので、びっくりしたくらいですから」

森山だけでなく、日本側は全く身に覚えがないとの一点張りなのです。念のため団長がアメリカのアダムスに確認したところ、犯人はアメリカ士官の一人であることが判明したのです。フランス船長がポーハタン号に挨拶で来訪した時に、そのアメリカ士官が教えてしまっていたのでした。

団長も条約の写しを運んでもらうつもりのアメリカ人に怒るわけにもいきません。疑ってしまった森山には謝罪しましたが、とにもかくにも下田という小さな港で捕鯨船の争奪戦という国際紛争が起きなかったことは、日本にとって幸運だったと思います。

川路は下田から江戸に帰る途中、年末の十二月二十九日に戸田の造船の様子を見ようとプチャーチン団長を訪問しました。

「プチャーチンさん、昨年の年末は長崎でお会いしましたが、今年の年末は戸田です。来年、プチャーチンさんは建造中の船でロシアに帰国されているでしょうから、来年の年末はお会いできないと思うと淋しいですね。

今年は本当にいろいろな事がありましたが、条約が結ばれてほっとしています。今日は猪の肉と果物を持参したので、正月に皆さんでどうぞ召し上がってください」

「川路さん、お土産をありがとうございます。ロシアの正月は日本よりも早く、日本の暦なら十一月二十五日だったのですが、その頃はディアナ号が沈没寸前でそれどころではなかったですね。

肉と果物の差し入れをありがとうございます。しっかり頂戴して、日本の正月にみんなで食べさせていただきます。今日はせっかく川路さんに戸田までお越しいただいたので、私のとっておきの葡萄酒で正月の前祝いをしましょう」

二人は楽しく団らんして、私たちロシア使節団にとって激動の安政元（一八五四）年が暮れていきました。


そして年が明けて安政二（一八五五）年を迎えました。条約を締結し終えたプチャーチン団長がやり残したことはただ一つ、自分たちロシア人の約五百人をどうやってロシアに帰国させるかということだけでした。

戸田での新船の建造が順調に進み始めていた一月二十七日、下田に思いもかけない船が来航してきたのです。アメリカ国籍の「カロライン・フート号」（以下、フート号）でした。

フート号はアメリカ捕鯨船の船員相手に食料雑貨品を売るカリフォルニアの商船でした。海の行商人とも言える存在で、下田にアメリカ船が入っていることを見越して訪問してきたのです。乗組員はその妻三人と子供二人を含めて二十一人がいました。

下田にいたポシェットと私ゴシケーヴィチは今回もロシア人が帰国できるチャンスと考えました。しかもフランス捕鯨船のように武力で奪い取る必要もなく、金額さえ折り合えば平和的に傭船の契約ができるのです。

フート号の船長を私たちが滞在する玉泉寺に招いて、東ロシアへの帰国船として利用できるかと打診したところ、船長はとても前向きの返事でした。私たちは戸田のプチャーチン団長に報告したところ、すぐに団長が戸田から下田に移動してフート号の船長と帰国船の契約を結びました。

その傭船契約はロシア人の全員を帰国させることとなっていましたが、フート号は中型船なので一度に全員を運ぶことはできません。それでも団長はフート号にできるだけ多くのロシア兵を一度に乗船させようと思いましたが、女性と子供を乗船させたままでは家族専用の船室を独占されてしまい、それだけ船に乗れるロシア人が減ってしまいます。どうしても女性と子供には下船してもらう必要がありました。

逆に、日本側はトラブル防止のためアメリカ女性を下田に滞在させたくはありませんでした。そのため、川路配下の中村為弥はプチャーチン団長に次のように提案しました。

「プチャーチンさん、日本では長崎のオランダ人以来、異国の婦人を上陸、滞在させることを認めてはいません。今でも長崎のオランダ人は単身で赴任しているのです。

逆にプチャーチンさんはアメリカ婦人をフート号に乗せたくないとのことなので、妙案があります。日本の船を下田港に繋留させて、船中で婦人に住んでもらってはどうでしょうか」

異国の女性が数カ月間も下田に滞在した例は過去になく、下田の町に予想もしない不祥事が起きることを中村は心配したのです。

　これに対して、プチャーチン団長は強硬でした。

「中村さん、日米和親条約に基づいてアメリカの領事がやってきた時に、もし婦人同伴だったら婦人だけを追い返すのですか。そんなことをしたら、条約違反で戦争になりますよ。

　中村さんが提案する船中の居住は数日間なら揺れにも我慢できるでしょうが、長期間となると無理でしょう。アメリカ婦人は私たちと同様に、漂流民という扱いにすれば上陸させても問題はないはずです」

　結局、団長が日本側を押し切る形で、女性三人と子供二人を含む乗組員十人が玉泉寺で滞在することとなりました。

　私ゴシケーヴィチたちロシア人の五人も玉泉寺に滞在していたので、同じお寺の中でアメリカ人十人と住むこととなったわけです。同じお寺といっても敷地は広く建屋は別々だったのですが、言葉も通じない中で何かとやりにくかったのは事実です。私たちロシア人五人は約一カ月後に戸田に移動することとなったので、期間が短かったことが幸いでした。

　アメリカ人女性の三人とは船長の妻（三十五歳）、商人の妻（二十二歳）、水先案内人の妻（二十歳）、そして子供二人は船長の息子（九歳）と娘（五歳）でした。女性三人の中で、二十二歳の商人の妻はギターを弾きながら澄んだ声で歌い、容姿もとても美しいと町の評判になっていたようです。

下田の住民たちは珍しい異国人女性を見たくて、郊外の玉泉寺まで毎日歩いて来ていました。大津波の災害で娯楽どころではなかった住民たち、特に男性たちの唯一の楽しみとなっていたのかもしれません。

二月九日、フート号が乗組員十人を下田に残し、戸田に移動しました。フート号船長が戸田に上陸して新船の建造の様子を見たところ、

「もし日本人がいなければ日本にいることを忘れてしまうほど、建造の現場にはロシア人が多い。新しい船の出来映えはすばらしく、名人がつくる作品のようだ」

と賞賛してくれました。

戸田にいるロシア人は、一人を除いて誰もが一刻も早く母国に帰国したがっていました。その一人とはもちろん、沼津藩士の娘おくめと付き合いを始めていたコロコリツェフです。団長はコロコリツェフ以外の誰をフート号に乗せるかで人選に手間取り、二週間を要してしまいましたが、ようやく二月二十五日にディアナ号の船長だったレソフスキーを含めた百五十九人が乗り込んで戸田を出航していきました。

出航前には、フート号に乗船した乗組員たちが戸田に残った乗組員たちとお互いに叫びながら涙を流し合ったため、それを見ていた戸田の村民の皆さんも思わずもらい泣きしたそうです。

この時のフート号乗船メンバーには新しい船の設計の中心となったモジャイスキーも加わっており、彼が持っていた写真機は戸田に残していきました。しかし、残ったロシア人では写真

機を上手に操作できなかったため、宝の持ち腐れとなってしまったのが残念です。当時の写真機は操作が難しいのです。私ゴシケーヴィチ自身は、これをきっかけにロシアに帰国してから勉強して写真機を扱えるようにはなりましたが……。

フート号が戸田を出航する前、プチャーチン団長はフート号に乗船するレソフスキーに次のように指示しました。

「日本人のキセリョフには建造中の新船で箱館に迎えにいくと伝えていたが、君たちが思ったよりも早くフート号で帰国できることになった。フート号の船長は休養のため箱館に寄港すると言っているので、君たちが箱館でキセリョフをフート号に乗せてほしい。ここに彼の住所が書いてあるので、よろしく頼む。

そして目的地のカムチャッカの軍港ペトロパブロフスクに着いたら、君たちは英仏艦隊の再来に備えてペトロパブロフスクに残ってもらうが、キセリョフを別の船でアムール川河口のニコライエフスクへ送ってほしい。私たちは新船に乗ったらニコライエフスクでキセリョフと会うつもりだ」

フート号の乗組員たちは団長の指示どおり、箱館でキセリョフと再会して船に乗せ、フート号は目的地のペトロパブロフスクに着きました。ペトロパブロフスクでは半年前の英仏軍との激戦で勝利したロシア守備隊が再戦に備えていました。フート号はロシア人全員と日本人キセリョフを下船させると、再び下田に向けて出航していきました。

二月二十七日には「ヤング・アメリカ号」（以下、ヤング号）が下田に来航してきました。ヤング号はアメリカのアダムスがプチャーチン団長に約束した帰国船の派遣に応じて上海からやってきた大型の商船で、アダムスの配慮でアメリカ人のオランダ語通訳がロシア人との斡旋のため乗船してくれていました。

しかし、ヤング号の船長はプチャーチン団長が提示した金額（三千五百ポンド）の三倍の傭船料を要求してきたため、いったんは下田で破談となってしまいます。戸田で建造中の新船が完成間近となっていたので、団長としても金額面で大幅に譲歩する必要はなかったのです。

ところが、ヤング号の船長は三月六日になって、団長が提示した金額で引き受けると言ってきました。ヤング号の船長は私たちロシア側に他の帰国手段がない弱みにつけこんで、傭船料を不当に釣り上げていたのです。とにかく、これで金額合意しました。

ヤング号は大型船なので、残りのロシア人三百人余りの全員を乗せることができます。条約締結後は連絡係として下田に滞在していた私ゴシケーヴィチたち五人もヤング号でロシアに帰国できると考え、滞在していた玉泉寺の荷物をすべて引き払い、ヤング号に乗って戸田に移動しました。

玉泉寺の住職とアメリカ人たちは、私たちが下田を離れる前夜に送別会を開催してくれました。日本、ロシア、アメリカの三カ国の国民が集まって、お互いに言葉が分からなくても不思議な連帯感を感じたものです。

私たちを乗せたヤング号が戸田に着くと、戸田のロシア人全員が完成寸前の新船の建造を止めて、急いで帰国の準備を始めました。日本の船大工たちは新しい船が完成するまで帰国を待ってほしいと懇願しますが、私たちロシア人としては少しでも早く帰国したかったのです。ロシア側は設計図や用具類のすべてを日本側に引き渡して、強引にでも引き継ぎを完了させました。プチャーチン団長もこれが最後とばかりに、ディアナ号から持ち出していたロシアの品々を日本の役人たちに贈呈していました。おくめとのロマンスに燃えていたコロコリツェフを除いて全員が帰国する気が満々だったのです。

ところが、ロシア人全員の乗船が終わり、これから出航という時になってヤング号に異変が起こりました。乗組員五十一人のうちの六人がヤング号から海に飛び込んで脱走してしまったのです。ロシア人を乗せたことでイギリスやフランスの軍艦から攻撃されることを恐れての、いわば職場放棄でした。

この六人は戸田村の北のはずれで見つかりましたが、私たちロシア人としても乗組員が脱走してしまうような商船を信用できなくなり、ヤング号での帰国を諦めました。出航しなくて済んだ、というよりおくめと別れずに済んだコロコリツェフは脱走したヤング号の乗組員六人に感謝したいくらいの複雑な心境だったことでしょう。

なお、ヤング号で下田から戸田に移動した私たち五人は、ここからは下田に戻らず戸田に滞在し続けることとなります。

私ゴシケーヴィチが戸田に滞在し始めた安政二（一八五五）年三月、私は一人の日本人のお坊さんと知り合いました。橘 耕斎《たちばなこうさい》という人物です。文政三（一八二〇）年生まれで掛川藩（現在の静岡県）出身の武士だったそうですが、それまでの人生は私にもよく分かりません。大坂の著名な医者であった緒方洪庵《おがたこうあん》が開いた適塾で蘭学を学んだことがあるとも言われています。

私も橘に聞いたことがあるのですが、本人が自身の過去について話したくない様子だったので、あえて触れないこととしていました。とにかく、私が戸田村に滞在していた時の橘は、戸田の蓮華寺《れんげじ》というお寺の住職だったのです。

私が橘と初めて知り合ったのは戸田村の中央を流れる大川という川でした。私は毎日のように大川で水浴をしていたのですが、ロシア人数人と出かけたある日に、日本人がすぐ近くで一人だけで水浴をしていたのです。日本人が川で水浴するとは珍しいと思っていたところ、その日本人は私たちに近づいてきて身振り手振りで何かを訴えるのでした。

私はその日本人と一緒に川べりに行って、土の上に漢字を書いて筆談を始めたところ、ロシア語を勉強したがっていることが分かりました。その日本人が橘だったのです。おそらく、橘はロシア語を勉強したくて、あるいは私たちロシア人に近づきたくて水浴をしていたのでしょう。

それからは毎晩のように橘と会いました。日本の役人の目を避けるため、水兵たちが宿泊する長屋の医務室で毎晩、数時間を過ごしたのです。私は橘にロシア語を教え、同時に橘から日本語を学びました。

私との勉強会が終わると、橘はいつも真夜中に歩いて二十分くらいかけて蓮華寺に帰っていきました。橘のロシア語を吸収しようという意欲は非常に強く、思わずお互いに時間を忘れてしまい、翌日に睡眠不足に陥ったことも時々ありました。

橘との勉強会が軌道に乗り始めていた頃、私ゴシケーヴィチはロシア帰国後に日本と日本語の研究をしようと考えていたので、橘に大金を渡して日本の書物をできるだけ購入してくるように依頼しました。

戸田村にはほとんど書物がないので、橘はわざわざ東海道の沼津宿まで出かけて多くの書物を買ってきてくれたのですが、橘が沼津から戸田に戻る時に番所の役人に検閲され、購入した日本地図が見つかってしまったのです。

橘は急いで逃げてロシア人の宿舎に飛び込んできました。私たちは知らなかったのですが、その頃の日本地図は国外に持ち出してはいけない極秘の資料だったそうです。極秘の地図が宿場町の店先で売られていたということは、幕府の方針が日本の隅々にまで徹底されていなかったことの証しと思うのですが、とにかく橘はこれで追われる身となってしまいました。

そして私は橘にロシアに行くことを強く誘ったのです。

「橘さん、私が本の購入を依頼したばかりに大変な迷惑をかけてしまった。私はロシアに帰国したら日露辞典を編纂しようと思っていますが、私の日本語は拙いので、日本人の協力が必要なのです。

私と一緒にロシアに行って辞典の編纂に協力してもらえませんか」

「ゴシケーヴィチさん、日本人にとって異国に行くということは大変なことですよ。幕府から出国の許可が出るはずもないので、密出国するしかありません。もし見つかったら重罪ですよ」

最初は躊躇していた橘でしたが、その後に何度も口説いた私の熱意に負けた橘は、日本を密出国する決意をしてくれたのです。

橘はキセリョフこと箱館の文吉のように、当初からロシア行きを強く希望していたわけではありません。私が強く誘ったことに加えて、橘にとって閉塞感の強い日本がつまらなくなっていたこと、そして蘭学を勉強していたのでヨーロッパを垣間見てみたいといった程度の気持ちだったと思います。

ヤング号での帰国計画が失敗した直後の三月十日、戸田で建造していた西洋船がついに完成しました。長さ二十五メートル、幅七メートルの六十人乗りの帆船で、新しい船はプチャーチン団長から戸田村への感謝を込めて「ヘダ号」と名付けられました。

当日は完成した船を海に浮かべる進水式が催されるというので、村人たちはいつもの「舟下ろし」と呼ぶ進水式と同じように弁当を持参して一日がかりで見学しようと現場の牛が洞に到着しましたが、式は既に終わっていました。建造に関係したロシア人たちが早朝に五分くらいで簡単に式を終わらせていたからです。

村人たちは進水式をもう一度やってほしいと希望しましたが、私たちロシア人は合理的なので、単なる儀式を二度もやろうとは思いませんでした。村人たちにとっては拍子抜けの進水式となってしまいましたが、海上に浮かぶヘダ号を見て自然と拍手が沸き上がりました。警護の役人までもが国籍や身分の違いを越えて船の完成を喜び合ったのです。

その後、プチャーチン団長が滞在し、私ゴシケーヴィチも住み始めていた宝泉寺でヘダ号完成のパーティーがささやかながらも開催されました。日本とロシアの友好を祝って、またヘダ号の完成をきっかけに近い将来の日本海軍の設立を期待して、何度も何度も乾杯が続けられました。

プチャーチン団長はヘダ号での帰国に先立って交渉で友情を育んだ川路聖謨に次のような英文の手紙を置いていきました。

「ペテルブルグで私の報告を待っているリコルド先輩に、四十年前のリコルド先輩と高田屋嘉兵衛さんの友情と同じような経験を私が川路さんとできたことを話せることは、私にとって大きな喜びです」

後に下田で、川路が手紙の日本語訳を読んで感動したのは当然でした。

そして乗船メンバーの選定が終わった三月二十二日、ついにヘダ号がプチャーチン団長、ポシェット副官たち四十八人を乗せて戸田を出航していきました。

出航後は箱館に寄港して、フート号が日本人キセリョフを乗船させていたことを確認した後、五月七日にニコライエフスクに無事に到着しました。海の遭難者が他国の援助で船を造って帰国したというのは、世界的にも極めて珍しいことだと思います。

そして予定どおりにニコライエフスクでキセリョフと再会できたのです。キセリョフは日本にいた時よりも逞しく、そして遥かにロシア語が上手になっていました。

「プチャーチン団長、皆さんの到着を今か今かと待っていました。もしかすると、もう会えないかと心配もしていました」

「キセリョフ君、本当に再会できてよかった。ここニコライエフスクは君にとって寒かっただろうが、よく頑張ったね。どうやって暮らしていたのかね」

「団長、ここに来た頃はかなり寒かったのですが、夏が近づいた今はむしろ快適です。私はこの港で荷物を運搬するアルバイトをしながら、皆さんを待っていました。

そういえば、アルバイトの仲間から聞いたのですが、今年になってロシア皇帝のニコライ一世が亡くなって、その息子がアレキサンドル二世として即位したそうですよ。仲間たちは、戦争も近いうちに終わるだろうと噂していました」

キセリョフが言うとおり、私たち使節団の日本派遣を決めたニコライ一世は一月に亡くなっており、クリミア戦争の失敗で自殺したとも噂されていました。

クリミア戦争はその後も続いてロシアは五十二万人もの戦死者を出してしまいます。そして、翌年にはクリミア半島の軍港セヴェストポリの黒海艦隊を失うなど、ロシアにとっては屈辱的な講和を強いられて終わっています。

団長たち一行はキセリョフとともに、東ロシアから馬に乗ってユーラシア大陸を横切りペテルブルグに帰りました。しかしニコライ一世の死去で団長の帰国後の立場は微妙となり、ロシア政府内には国費の無駄遣いをしたと陰口を叩く者も出て来る有り様でした。私たち使節団が遠征中にどれほど苦労したのか、爪の垢でも煎じて飲ませたいものです。


フート号の百五十九名が二月二十五日に、ヘダ号の四十八名が三月二十二日にそれぞれ戸田を出航していきましたが、戸田村に残された私ゴシケーヴィチを含めたロシア人はそれでも半数以上の二百七十八名でした。

ヘダ号で出発していったプチャーチン団長は、出発前に戸田に残るロシア人たちの指揮官にプーシキン大尉を、副指揮官には戸田港を最初に発見したシルリング大尉を指名して、若い水兵たちの規律が緩まないように指示していました。しかし、残念ながら団長が懸念したとおりの結果となってしまいました。

水兵の一人が村人の家に入って女性の体に触れようとしたのです。村民からの訴えを受けた日本の役人がプーシキン指揮官に抗議をしますが、団長が滞在していた時よりもロシア海軍の処罰は明らかに軽くなっていました。

　言い訳になりますが、戸田に残されたロシア人にとって、いつ帰国できるかも分からないため、焦りと寂しさがあったことは事実です。


　日本側にとって心配事の一つは、下田にいるアメリカ婦人三人の動向でした。美人と評判になっていた商人の妻は夫と一緒に玉泉寺で起居していたので落ち着いていました。船長の妻も子供二人と暮らして気が紛れるせいか、比較的に落ち着いた様子でした。取り乱していたのは二十歳と一番若い水先案内人の妻で、日本にいるのはもはや限界という状態だったのです。

　三者三様のアメリカ人女性でしたが、ペトロパブロフスクでロシア人百五十九名と日本人キセリョフを降ろしたフート号が四月十二日に下田に戻ってきました。フート号の帰りを待ち焦がれていた玉泉寺のアメリカ人十人の喜びようは大変なもので、下田の町中に明るい話題をまき散らしたそうです。

　取り乱していた水先案内人の妻は玉泉寺の前で戻って来た夫を見つけるやいなや、駆け寄って抱き付きました。そして二人は周りの目も気にしないで抱き合いながら玉泉寺の一室に閉じこもって、何度も何度も愛を確かめ合ったそうです。

　傭船契約では、再びロシア人を乗せてペトロパブロフスクに向かうことになっていました。

下田に出張したシルリング副指揮官が再びペトロパブロフスクに向かうように要求しましたが、アメリカ女性の三人がそれを許しませんでした。

三人を代表して船長夫人が、

「もうこれ以上、ここ下田にいるのは耐えられない。私たちは日本人にいつも見られていて、まるで動物園にいる動物のようだわ。早くカリフォルニアに帰りましょう」

と船長にしつこく要求したため、船長も無視できなかったのです。

ロシア人に断る表向きの理由はカムチャッカで戦争に巻き込まれたくないということにして、フート号によるロシア人帰国作戦は一回限りで終わってしまいました。そして、四月二十一日にアメリカに向けて出航していきました。

フート号のアメリカ帰国は下田に滞在していたアメリカ女性には良かったでしょうが、戸田に滞在しているロシア男性にとってはさらに焦りを隠せなくなるものでした。しかも次第に夏が近づいて、私たちロシア人にとっては厳しい蒸し暑い季節を迎えつつありました。

水兵たちは退屈しきってしまい、プーシキン指揮官が川ざらいでも道づくりでも何でもいいので、水兵たちに何かをやらせてほしいと日本側にお願いしている時に、タイミング良く幕府からヘダ号に続く西洋船の建造の命令が出たのです。

一番張り切ったのはヘダ号の技術指導を経験していたコロコリツェフでした。おくめとのロマンスも順調で、まさに彼は充実していました。率先して日本人の技術指導に当たったのです。おくめに教えられたせいか、日本語も少し分かるようになっていました。外国語を覚えるには恋をするのが一番とよく言われますが、コロコリツェフはまさしく、その通りだったのです。

幕府が急いで西洋船を追加発注したのは、ロシア人が戸田村に残っている間に西洋船をできるだけ造ってしまおうという考えだったのだと思います。私たちロシア人は途中で出国してしまいますが、五月からの約六カ月間に全部で六隻が建造され、亡くなった江川英龍の息子で韮山代官を継いだ江川英敏《えがわひでとし》に引き渡されて、江戸に届けられています。

この六隻は戸田村が君沢郡《きみさわぐん》に属していたことから「君沢形」と呼ばれ、二年後の安政四(一八五七)年に箱館で日本人によって設計された西洋船を「箱館形」と呼んで区別しました。戸田村で建造された六隻のうち、幕府は長州藩と会津藩に二隻ずつ貸して、残りの二隻は幕府が練習船として使用したそうです。

いよいよ日本の夏が本格化し始めた五月二十一日、ブレーメン(現在のドイツ)船「グレタ号」が下田に来航してきました。

グレタ号の船長は、箱館に碇泊するアメリカ軍艦に燃料と食料を届けるために香港から箱館に出向いた時、たまたま寄港していたフート号船長から戸田にロシア人がいることを聞きつけていたのです。そして、金額次第ではロシア人を帰国させる商売をしようと下田に寄港してきたのでした。

そこでプーシキン指揮官が下田で交渉した結果、グレタ号が残っているロシア人全員を樺太まで移送してくれることとなりました。幕府から追加発注された西洋船の建造が既に始まっていましたが、ロシア人からノウハウを学んだ日本人だけでも完成できる目途はついていました。ロシア人が戸田に滞在を始めてから半年、ヤング号の乗組員脱走事件から三カ月、ようやく残ったロシア人の帰国の段取りが整ったのです。

六月一日、グレタ号は私を含めた士官が八人、医師と神父が一人ずつ、水兵が二百六十七人、合わせて二百七十七人を乗せて戸田港を出航しました。当初よりも一人少なくなっていたのは野生の毒イチゴを食べてしまった水兵が四月に亡くなっていたからです。

前日まで日本に残ると言い張って帰国に抵抗していたコロコリツェフも何とか乗船していました。私ゴシケーヴィチが「いったんはロシアに帰国して、再びおくめさんを迎えに来日すればよい」と前日に夜遅くまで説得していたからです。

出航当日は戸田村の住民全員の皆さんが岸に出て見送ってくれたので、家々は空っぽになったそうです。それでも、どの家も泥棒に入られなかったことが治安の良い戸田村らしいところです。

コロコリツェフと恋に落ちたおくめも遠くで泣きながら見送っていました。おくめは既にコロコリツェフの子供を身ごもっていたのです。妊娠四カ月でした。半年後の十二月に地元の沼津で男の子を出産することとなります。

追われる身となり、宿舎で匿われていた橘耕斎も私の強い説得で密出国を決意していました。日本側に見つからないでグレタ号に乗ろうと、荷物の箱に入って宴会用の赤毛のカツラをかぶって毛布にくるまっていました。

日本の役人が最後の見回りに来た時、その箱の蓋を開けた役人は驚いて、

「大きな人形と思っていたら本物の人間じゃないか。一体、どういうことだ」

と私たちに問いただしました。

私が答えに詰まっていると、シルリングがオランダ語で助けてくれました。

「伝染病の病人なので、箱の中に隔離しているのです。これ以上に近づくと病気が移ってしまいますよ」

それを長崎に戻った本木の後任として四月からオランダ語通訳となっていた楢林量一郎《ならばやしりょういちろう》とともに聞いた日本の役人はとっさに箱から離れて、見なかったことにすると言ってくれたので、何とか誤魔化すことができたのです。橘もこれでようやくグレタ号に乗船して出国することができました。


こうして戸田を出航していったグレタ号でしたが、最後に不幸な出来事が待っていました。目的地の樺太アニワ湾の近くまで行ったところで、イギリスの軍艦に見つかってしまったので

す。

ロシアへの帰国が認められた神父、医師、病人以外は全員が捕虜となってしまいました。捕虜とはいってもイギリス海軍は私たちを難破船の遭難者という扱いで接してくれたので、ある程度の自由はありましたが、香港とイギリスに抑留されてロシアにはなかなか帰らせてはもらえませんでした。

私は香港で橘を連れて散策に出かけましたが、橘はそれまで異国を一度も見たことがなかったので、喧噪を極める香港の港の賑わいにとても驚いた様子で、早く船に戻りたいと言い出す有り様でした。

その香港からイギリスに移送されて、私たちがロシアに帰ったのは翌安政三（一八五六）年のクリミア戦争が終わった後となりました。

こうして、安政二（一八五五）年二月のフート号、三月のヘダ号、六月のグレタ号と、三班に分かれたロシア人四百八十四名の戸田からの出航とロシアへの帰国が終わったのでした。

ここで、私ゴシケーヴィチと橘がロシア帰国後に出版した辞典の自慢話をしましょう。

私たちは香港、イギリスでの抑留で時間だけはたっぷりあったので、私が熱望していた日露辞典を編纂する絶好の機会となりました。そして、ロシア到着後の安政四（一八五七）年七月に『和魯通信比考《わろつうしんひこう》』という世界初の日露辞典を出版したのです。編纂作業はロシアに帰国してわずか一年、抑留生活を含めても二年という短さでした。

短期間で日露辞典を出版できた理由は二つあります。一つは、当時の私の家族がベラルーシに住んでいたため、私と橘がペテルブルグで同じアパートに同居していつでも編纂が可能だったこと、そしてもう一つは海軍が編纂の手伝いとして若手三人を派遣してくれたことです。この三人は私たちを手伝いながら日本語の勉強をして、後に日本語通訳となっていきます。

この辞典は橘が毛筆で日本語の文字を書き、私がロシア語でその文字の意味を解説する形式をとっていました。そして橘の毛筆の文字がとても端麗で評判がよかったのです。橘は当時の日本人の中でもかなり教養がある人物だったことだけは間違いありません。私は今でも日本の戸田村で本当に良い人物に巡り合えたと思っています。

辞典に掲載した日本語の数は一万六千以上ととても多く、当事者の私たちが想像していた以上に、当時のペテルブルグ学会ではこの辞典の出現は大事件だったのでした。ロシアや東ヨーロッパで日本語を研究する人たちの間で高く評価され、翌安政五(一八五八)年にはペテルブルグ帝室アカデミーからデミードフ賞という、資金提供の実業家の名前を冠した当時の最高級の賞を受賞しました。

私はこの賞をもらった直後にロシア領事として日本の箱館に赴任することとなるのです。

# 十四、ロシア人の訪日（一八五六―一八五八年）

安政三（一八五六）年十月、使節団の副官だったポシェットが二年前に結んだ日露和親条約の批准書交換のため、優美に装飾されたヘダ号を伴って下田を訪問しました。

その三カ月前にはアメリカ総領事のタウンゼント・ハリスが下田郊外の玉泉寺に着任していました。玉泉寺はポシェットが私ゴシケーヴィチとともに二年前に四カ月間も滞在していた場所です。ポシェットは当時を懐かしみ、ハリスを表敬訪問して交流を深めました。

ポシェットはヘダ号を幕府に約束したとおりに返しただけでなく、ヘダ号の操縦法を日本人に伝授するために戸田で造船の技術指導をしていたコロコリツェフを同行させていました。コロコリツェフは下田でヘダ号の操縦教室を開いています。

コロコリツェフは私ゴシケーヴィチと同様にイギリスの捕虜となって、香港とイギリスに抑留された後にロシアに帰国すると同時に、愛するおくめと日本で再会するため、自ら志願してポシェットに同行させてもらっていたのです。

コロコリツェフは下田で操縦教室を終えると、ヘダ号に乗って急いで沼津に向かいました。おくめと自分の子供に会いに行くため、そしておくめの両親におくめとの結婚の申し込みをするためでした。ペテルブルグで橘から日本語を学んでいたコロコリツェフは格段に日本語の会話も上達していました。

沼津のおくめの自宅に着くと、コロコリツェフはおくめの父親に言いました。

「お父さん、おくめさんが私の子供を産むことをお許しいただき、本当にありがとうございました。

私はおくめさんを心の底から愛しています。おくめさんを必ず幸せにしますので、結婚させてください。そして母子ともにロシアに連れて行かせてください」

「コロコリツェフさん、正直言えば、私はあなたを恨みましたよ。親が言うのも何ですが、おくめは器量がいいので身分の高い家柄の縁談があると期待していたし、そのためにも戸田に修業に出したのです。

私たちにとっては、とんだことになってしまったわけだが、子供ができたら良いも悪いもないでしょう。あなたの言葉を信じます。おくめを必ず、必ず幸せにしてください」

三日後に沼津でささやかな結婚式を挙げ、一カ月後にコロコリツェフとおくめはポシェットたちとともに、下田からペテルブルグに向けて出航して行きました。

ポシェットは二年前に陸揚げしていたディアナ号の大砲五十二門も幕府に贈呈していました。

これも団長だったプチャーチンの強い意向が反映されていたのです。

プチャーチンは最初の来航地の長崎に入港した時から、日本の大砲があまりにもお粗末で異国船にはまったく役に立たないことをずっと気にかけていました。ディアナ号の大砲の贈呈はプチャーチンがロシア皇帝アレキサンドル二世に進言して実現していたのです。

その後のヘダ号と大砲は日本の幕末という激動の時代に翻弄されて、どちらも最後の活躍の場は箱館となりました。

ヘダ号は下田に二年ほど停泊されていましたが、その後は漂流民出身でアメリカ帰りの幕臣、中浜（ジョン）万次郎が引き取りました。当時、万次郎は幕府から捕鯨を命じられており、太平洋に出漁していた船の一隻がヘダ号だったのです。

その後、ヘダ号は品川の船奉行のもとで管理され、明治二（一八六九）年戊辰戦争時の箱館で旧幕府軍の運搬船として使用され、そのまま朽ち果てたそうです。

一方、大砲は江戸の品川台場と箱館の弁天岬砲台に据えられました。箱館の戊辰戦争で弁天岬の大砲は旧幕府軍の軍艦「回天《かいてん》」に搭載されますが、新政府軍によって「回天」は撃沈されています。結果的には、ディアナ号の大砲が日本で活躍することはほとんどなかったようです。

使節団の団長だったプチャーチンはロシアに帰国した後、ロンドンとパリで勤務しましたが、日本にも二度、訪問しています。

一度目は安政四（一八五七）年八月に長崎を訪問して日露追加条約に調印しています。パルラダ号で来航した四年前の長崎では上陸が波止場から西役所までの往復しか許されなかったのですが、今回は町中だけでなく郊外までもが解放されて自由に散歩、見学ができました。プチャーチン自身が結んだ和親条約の効果を肌で実感することができたのです。

追加条約ではロシア人が家族を定住させることが可能となり、また領事館には司祭を置いてロシア正教の布教も可能となりました。

二度目は翌安政五（一八五八）年六月に修好通商条約を結ぶため下田を訪問しました。下田訪問の前にプチャーチンは清国と天津条約を結んで海運通商権を手に入れており、上海から意気揚々と下田に乗り込んで来たのでした。

下田滞在のアメリカ総領事のハリスと会おうとしましたが、その時ハリスは江戸湾の横浜沖で日米修好通商条約の調印を幕府に迫っていたところで、その条約は六月十九日に調印されています。

プチャーチンはハリスには会えませんでしたが、下田奉行となっていた中村為弥と再会を喜び合いました。民間出身のやり手の外交官であるハリスに対抗するため、下田奉行には外交経験が豊かな中村が適任ということで、中村は勘定吟味役（現在の財務省主計官に近い）から抜擢されたばかりだったのです。

「中村さん、戸田では大変お世話になりました。特に日本人キセリョフの罪を軽くしてもらったことにはとても感謝しています。

キセリョフは私たちと一緒にペテルブルグに着いてから、地元の大学に入って今はロシア語と国際法を勉強しています。とても優秀な学生だそうで、いずれは外交官となって日本とロシアの友好の架け橋になりたいと意気込んでいます。これもひとえに中村さんのおかげですよ。

このたびは下田奉行へのご昇進、おめでとうございます。中村さんのことだから、必ず名奉行となるでしょう。でも中村さんは役人というより軍人向きと私は思うので、いずれ日本に海軍ができれば、そのトップになる人だと期待していますよ。これからも頑張ってください」

「プチャーチンさん、私こそあなたたちと一緒に戸田で過ごせて毎日が充実していました。戸田のロシア人の皆さんは品行方正の方ばかりで大きなトラブルもなく、取り締まる側にとっては楽でした。

もしキセリョフさんがプチャーチンさんの期待どおりに活躍してくれれば、私のような平凡な人間でも少しは世の中のお役に立てたということになるので、この上ない喜びです。私自身はとても日本海軍のトップになるような器ではありませんよ。下田奉行の仕事で毎日が精一杯ですから」

「ところで、中村さんのボスだった川路さんは今、どこで何をされているのですか」

「残念なことに川路さんは井伊大老と考えが合わず、江戸の自宅で隠居状態のようです。川路さんのような優秀な人を隠居させるなんて、もったいない話ですよ。

ここだけの話ですが、井伊大老は人の好き嫌いが激しく、能力がなくても自分の意見に従う人間だけを登用していると噂されています。幕府もこのままでは潰れてしまいます。私も幕臣の一人として心配ですよ」

プチャーチンが期待していた中村でしたが、その後は佐渡奉行を最後に引退しており、結局、海軍に関係することはありませんでした。

さて、プチャーチンは中村から聞いた川路のことを心配しながら下田を離れ、七月四日に江戸に入って修好通商条約の交渉をしました。

当時、江戸では第十三代将軍の徳川家定が亡くなり、街中では異国から長崎経由で持ち込まれたと言われた伝染病コレラが大流行しており、三万人近くが亡くなったと言われています。浮世絵の東海道五十三次で有名な歌川広重《うたがわひろしげ》もこのコレラで亡くなったそうです。

騒然としていた江戸でしたが、プチャーチンは四年前の和親条約よりもさらに貿易を拡大するため、またプチャーチンが以前から希望していた大坂近くの港、兵庫の開港を幕府に約束してもらうため、日露修好通商条約を結びました。

心配していた川路とも再会できました。下田で中村から聞いたとおりの様子で、川路を重用してくれた阿部老中は前年に亡くなっており、幕府の実権は大老となっていた彦根藩主の井伊直弼に移っていました。

その川路にとって、プチャーチンが江戸を訪問した安政五（一八五八）年という年は最悪の年でした。

前年にアメリカのハリスから締結を強く求められていた修好通商条約について、幕府内部では締結やむなしとの声が大勢だったのです。しかし、阿部の後任として老中首座となっていた堀田正睦《ほったまさよし》は、あの徳川斉昭の強硬な反対論に手を焼いており、天皇の裁可で斉昭を従わせようと目論んだのです。

年明け早々の一月に堀田が条約の天皇裁可を得るため京都に向かいますが、川路も京都への同行を命じられ、三月まで京都に滞在します。すぐに裁可を得られると甘く見ていた堀田でしたが、朝廷への賄賂工作、つまり札束攻勢も実らずに裁可は得られないまま、逆に幕府の権威を落とすだけの結果となってしまいました。

この時に川路と一緒に堀田老中と同行していたのが大津波の時の下田奉行だった都築で、真面目な都築は朝廷工作失敗の責任を負って京都で切腹して果てています。

川路が京都から江戸に戻ると、大老となったばかりの井伊によって勘定奉行筆頭から西丸留守居へと左遷させられました。西丸留守居とは政務に全く関与しない閑職で、高位の幕臣が厳しい左遷を受けた時に就く役職だったのです。

阿部老中が亡くなってからの幕府は、病弱な第十三代将軍家定の後継問題で大きく揺れていました。後継の有力候補は二人いて、将軍家定の従弟で紀伊藩主の徳川慶福《とくがわよしとみ》十三歳、攘夷派の代表である徳川斉昭の息子で一橋家当主となっていた一橋慶喜《ひとつばしよしのぶ》二十一歳です。

平穏な時期ならば現将軍と血統が近い従弟の慶福ですが、幕府は開国という厳しい局面を迎えていたため、小さい頃から優秀と評判の慶喜を推す意見も強かったのです。血統重視で慶福を推していた井伊直弼が大老になったことで、実力重視で慶喜を推していた川路は左遷される運命にあったのでした。

井伊からすると、川路のような下級役人からの成り上がり者が将軍後継問題に口を出すこと自体がもっての外だったのかもしれません。

プチャーチンはこの時、下田の中村が言うとおり、川路という一流の外交官を左遷させてしまう幕府という組織は、もう長くはないと思ったものでした。プチャーチンが予想したとおり、この二年後の安政七（一八六〇）年には井伊大老が江戸城の桜田門外で暗殺され、慶応三（一八六七）年には大政奉還によって幕府そのものがなくなってしまいます。

川路は井伊大老が暗殺された後、その外交経験を買われて半年ほど、外国奉行に就いたことはありましたが、脳出血の後遺症で辞任して療養生活を送りながら読書三昧の余生を過ごしていました。

その川路が最期は幕府と運命をともにしたのです。新政府側の西郷隆盛と幕府側の勝海舟が会談して江戸城の無血開城が内定した慶応四（一八六八）年三月十四日の翌日、川路は江戸の自宅で自殺したのでした。六十八歳でした。不自由な手で切腹し、念のためピストルで喉を撃って命を絶ったそうです。

川路は、下級役人だった自分を活躍させてくれた幕府に義理を貫いたのかもしれません。それほど幕府への忠誠心が強く、幕府に殉死した唯一の幕臣となりました。

この川路の訃報を、元帥にまで上り詰めていたプチャーチンはフランスのパリで、外務省を退官して余生を過ごしていた私ゴシケーヴィチはベラルーシの田舎で聞いて大変悲しみました。今更ながら日露和親条約の交渉相手が川路という優秀な外交官でよかったと思ったものです。

# 十五、ロシア領事と対馬事件（一八五八ー一八六一年）

プチャーチンが最後の帰国をしてから二カ月後の安政五（一八五八）年九月、この物語の冒頭で申し上げたように、私ゴシケーヴィチがロシアの在日初代領事として箱館に赴任してきました。赴任前には外務省アジア局で毎日のように領事任命の祝福を受けており、抜擢人事の私への期待もそれだけ大きかったのです。

最終的には私となりましたが、日本に誰を領事として赴任させるかで相当もめたようです。当時、外交官の派遣に大きな力を持っていたのは私が所属する外務省よりも海軍省でした。

海軍省は日本の領事には日本語とオランダ語の両方ができる軍人が理想と考えていましたが、残念ながら該当者はいなかったのです。そこで軍人ではありませんが、日本にいた経験があり日本語の辞典を編纂していた私が、プチャーチンの推薦もあって外務省から赴任されることとなったのです。

それまでロシアに帰ってからも行動を共にしていた橘耕斎は、私が日本に赴任すると聞いて大変淋しがりました。ロシア語がまだ上達していなかった橘は、当時のロシアでは私だけが頼りだったのです。

橘は密出国している以上、今さら私と一緒に日本に戻るわけにもいきません。ペテルブルグから東ロシアのニコライエフスクまで陸路で私に同行してくれて、我慢できないくらいに悲しんで私を見送ってくれました。ペテルブルグに戻った橘は、私から送られてくる手紙を読むことが唯一の楽しみとなっていたそうです。

さて、私が箱館奉行所と交渉していた領事館の土地は港を見下ろす山の斜面に何とか確保し、万延元（一八六〇）年に領事館と付属の教会が完成しました。

病院用の土地がなかなか見つからなかったため、箱館奉行所が四キロメートルほど離れた所に仮の病院を建てて私たちに貸し与えてくれていたのですが、それも文久元（一八六一）年に全焼していました。江戸と同じように、箱館も火事が多い町でした。

そして領事館の隣に土地を借りることで何とか決着して、箱館ロシア病院が文久二（一八六二）年に開院しました。病院はアリブレフトという一流の医師によって当時の最も進んだ西洋治療が行われたので、大変な評判を呼んで蝦夷地だけでなく遠く江戸からも患者が訪問するほどの盛況ぶりでした。

当時の私にとって最も辛かったことは、東シベリア総督がニコライ・ムラヴィヨフという対日強硬派の人物だったことです。

ムラヴィヨフは弘化四（一八四七）年から十年以上にわたって東シベリア総督を続けていました。ロシア政府の関心を極東に向けさせて、私もメンバーだったプチャーチン使節団の日本派遣を後押ししてくれたという功績はあるのですが、プチャーチンの礼節を重んじる外交を手ぬるいと考えていた人物でした。

私は外務省の所属なので、ムラヴィヨフが直接のボスというわけではありませんが、それでもムラヴィヨフの意向を無視するわけにはいかなかったのです。

そのムラヴィヨフが安政六（一八五九）年に行動を起こしました。プチャーチンが前年に結んだ日露修好通商条約の批准書を交換するという名目で、樺太島すべてをロシア領とするために動き出したのです。その直前に清国とアイグン条約を結んでアムール川以北を割譲させており、その余勢を駆って領有権の決着が先送りされていた樺太を日本から引き離そうという魂胆だったのです。

ムラヴィヨフは箱館に寄港して気乗りしない私ゴシケーヴィチを乗船させて、七月二十日に軍艦七隻で江戸湾の神奈川に乗り込みました。しかし、樺太全土の領有を主張するという強引な交渉は、樺太を南北で半分ずつ分割するという幕府の主張と決裂しただけでなく、ムラヴィヨフの高圧的な態度が日本側に反発を招いてしまいました。

私はムラヴィヨフの交渉には参加させてはもらえず、交渉決裂を知ったのは一カ月後だったのです。せっかくプチャーチン使節団が日本と友好的な関係を築いていたのに、これで台無しとなってしまいました。

ムラヴィヨフの神奈川での交渉中にはロシア人の悲劇も起きていました。ロシア水兵の二人が当時、下田に代わって開港されたばかりの横浜で浪士の一群に襲われ死亡したのです。これが不幸にも幕末に攘夷の名のもとで荒れ狂うこととなる異国人斬りの始まりとなってしまいました。

攘夷とは夷狄《いてき》（異国人）を攘《はら》う（打ち払う）という意味だそうです。開国で輸出が急増し、逆に国内が品薄となって物価が高騰したため、当時の日本人は異国が災いをもたらすと考えたようですが、私たち異国人からすると迷惑な話でした。

なお、横浜開港の安政六（一八五九）年に下田は開港場としての役割を終えています。海路の良さ以外に貿易港としての条件に適さなかったのです。プチャーチンが以前に指摘したとおりの結果となったわけですが、私にとっては大津波に遭遇し、その後の四カ月間は毎日見続けた港だっただけに、閉鎖と聞いて感慨深いものがありました。

私はムラヴィヨフに同行した半年後には、自ら進んで江戸に出かけました。安政六（一八五九）年の年末、私は江戸城を訪問して、ムラヴィヨフの樺太全島領有との主張はロシア外務省の基本方針とは異なることを説明しました。少しでも日本人のロシアへの恐怖心を取り除きたかったからです。

そして江戸から箱館の帰りはいつもの海路ではなく、陸路で北日本を縦断したのです。というのは、同行していた妻エリザヴェータの船酔いを避けたかったこと、そして何よりも私自身が異国人に許可されたばかりの国内旅行を試してみたかったからなのです。

奥州(現在の東北地方)を旅したわけですが、奥州には攘夷の嵐はまだ及んでいなかったので、比較的安全に各地の風習を垣間見て二十六日間で箱館に到着することができました。幕府は護衛の役人を七人も付けてくれただけでなく、料理人一人と使用人二人まで同行させてくれて至れり尽くせりの旅でした。さながら小さい藩の大名行列のようで、とても楽しかったです。

私ゴシケーヴィチは長崎にも出かけました。江戸から箱館に陸路で戻った一年後の万延元(一八六〇)年十二月のことです。私にとって長崎はプチャーチン使節団で来航して以来の七年振りの訪問でしたが、長崎の人々は私を温かく迎えてくれました。私たちプチャーチン使節団が友好的に接していたせいか、長崎は幸いにもロシアに友好的な土地柄となっていたのです。

長崎を訪問したのはイギリス、フランスが清国との第二次アヘン戦争とも言われるアロー戦争で北京を武力で支配していたため、その最新の動きについて清国に最も近い長崎で情報収集するためでした。

しかし私が長崎に到着して間もなく、北京条約が締結されてアロー戦争が終わってしまいました。私は情報収集の必要性がなくなったと判断し、ポサードニク号というロシア軍艦で箱館に戻ることにしたのです。

そのポサードニク号には、懐かしい人物が乗船していました。ペテルブルグで日露辞典の編纂を手伝ってくれた海軍の若手三人組の一人、ユカノフでした。私はユカノフを見てとても驚き、乗船している理由を何度も尋ねましたが、答えられないとの一点張りだったのです。

ユカノフが答えられない理由は後で分かりました。なぜなら、ユカノフが乗船していたポサードニク号が私を箱館で降ろした帰りに、朝鮮半島に程近い日本領の対馬《つしま》でとんでもないことを引き起こしてしまったのです。

万延二（一八六一）年二月、ポサードニク号が船の修理を理由に無断で、対馬に居座り始めました。芋崎《いもざき》という所に上陸して、樹木を伐採して兵舎を建設し始めたのです。

ロシア海軍はクリミア戦争の敗北で黒海艦隊を失ったこともあって、東ロシアで冬でも凍らない不凍港、つまり一年を通して軍艦を利用できる港を求めていました。北京条約で清国から割譲させたばかりの沿海州ウラジオストク港にそれを期待していたのですが、残念ながら真冬には少し氷が張ってしまうので、完全な不凍港ではなかったのです。

そこで、ロシア側から見ると日本海の出口に位置する対馬を狙ってきたのでした。対馬は朝鮮半島に近く地理的に重要なだけでなく、その西側から深く湾入する浅茅湾《あそうわん》は軍港としても最適だったのです。

ロシア海軍は対馬が琉球と同じように現地当局とだけ交渉すれば、ロシア領とすることも可能と考えていました。その中心人物は上海にいたリハチョフ東洋艦隊司令官でしたが、独自の王国だった琉球国と幕藩体制の構成要素に過ぎない対馬藩を同列に扱おうとしたことが、そもその間違いだったのです。

リハチョフは二月二十九日に上海から対馬に立ち寄り、ポサードニク号艦長の手ぬるい対応に活を入れています。もっと強引に既成事実を積み重ねるようにとネジを巻いたわけですが、日本からすると、とんでもない話です。

辞典編纂の手伝いをしてくれたユカノフは、そのポサードニク号の日本語通訳だったのです。せっかく日本語を覚えたのに、私が目指す日露友好と逆の動きに利用されて気の毒としか言いようがありません。

一方の対馬藩の対応は攘夷派と慎重派の間で揺れに揺れていました。長崎奉行所に問い合わせても「紛争を回避せよ」との一点張りで、具体的な指示は何もありません。

四月十二日、ロシア人十八人が乗った小舟が対馬の瀬戸を強引に通過しようとしたため、住民たちが石を投げてやめさせようとしますが、ロシア側が鉄砲を撃って住民の一人が死んでしまう事件が起こりました。六年前のディアナ号乗組員と日本人との友好的な交流と何という違いでしょうか。悲しくなります。

幕府も外国奉行の小栗忠順《おぐりただまさ》を対馬に派遣して平和的に解決しようとしました。前年の万延元(一八六〇)年十二月に外国奉行で箱館奉行の経験者でもあった堀利熙が、当時の実質的な老中首座の安藤信正《あんどうのぶまさ》と意見が対立して自刃したため、日米修好通商条約の批准書交換でアメリカから帰国したばかりの小栗が堀の後任として抜擢されていたのです。

しかし、小栗はロシア側の対馬藩主への面会要求を勝手に認めて、それを対馬藩から拒否されたため両者の板挟みとなり、小栗自身はそのまま江戸に帰ってしまいました。

小栗は、アヘン戦争やアロー戦争を清国に仕掛けたイギリスが最も危険な国と見ていました。そのイギリスも狙っている対馬を軍事基地としてロシアに提供すれば、ロシアが狙っている蝦夷地を提供しなくて済むので日本にとって最も損失が少ないというのが小栗の考えだったようです。しかし結果的には無責任な対応となってしまったため、小栗は外国奉行を罷免されてしまいます。

小栗にとって不運だったのは、小栗が最も期待していたアメリカがこの年の三月に南北戦争という内戦に突入していたため、アメリカに頼ることができなかったことでした。

自力で解決できない幕府が頼りにしたのは、小栗が最も警戒していたイギリスでした。クリミア戦争後もロシアとは何かと対立していたイギリスにとって、東シナ海と日本海を結ぶ軍事的な要衝である対馬がロシア領となることだけは絶対に避けたかったのです。

七月八日にイギリスの全権公使オールコックが呼んでいた香港のイギリス東洋艦隊が江戸湾に来航しました。江戸城ではこれを味方とするか敵とするか、親ロシア派の小栗と親イギリス派の水野忠徳で大激論となったそうです。最終的にイギリス艦隊を味方と決めたのは安藤老中で、ポサードニク号のように居座らないことを条件に、イギリス艦隊を対馬へ派遣となったのです。

安藤の依頼を受けて、イギリスは二隻の軍艦を対馬に派遣してポサードニク号を圧迫し始めました。ロシアが一隻ならイギリスは二隻というわけです。ポサードニク号の艦長は二隻のイギリス艦を見て事態が大きな国際問題に発展してしまったことに大変驚き、ついに八月十五日に対馬から退去していきました。

実に半年間にも及ぶ不法な滞在でしたが、結果的にはロシアにとって何も得ることのない国際的暴挙となってしまったのでした。

私ゴシケーヴィチが在日領事として何もしなかったわけではありません。六月には江戸で外国奉行となっていた村垣範正と面会しました。

「村垣さん、下田でお会いして以来ですね。対馬ではご迷惑をおかけしています。同じロシアでも私が所属する外務省は今回のポサードニク号の居座りには反対しているのですよ」

「ゴシケーヴィチさん、下田の大津波では私は江戸に救援を仰ぐため、江戸と下田を往復して大変でした。

今回の対馬の件ですが、私は安藤老中から怒られて困っています。私たちにとってはロシアの海軍省も外務省も関係ありません。とにかく、早く軍艦を対馬から退去させてください」

私は村垣に何とかすると約束しましたが、私の立場ではペテルブルグの外務省にお願いするしかありません。私は自分が領事に過ぎないことが悔しく、領事の立場では自国の軍隊を動かすことはできなかったのです。

ライバルのオールコックは、イギリスの全権公使という立場で軍事指揮権も有していました。だから、対馬への軍艦二隻の派遣も彼の判断でできたのです。私がロシアの軍艦を動かそうと思えば、私と意見が対立していたリハチョフ東洋艦隊司令官の同意が必要なので、動かせるはずもありません。

私のポサードニク号退去の要望を、外務省が海軍省に依頼してくれたのかどうかさえも分からず、うやむやとなってしまったのです。当時の外務大臣は、この問題を海軍省の責任にして外務省は一切関与しないという立場を採っていました。これでは、外務省から派遣されている現場の責任者の私はたまったものではありません。

さて、ここで私が在日領事をしていた時期に箱館でロシア正教の布教活動をしてくれた三人の神父を紹介しましょう。マホフ父子とニコライです。

マホフという名はこの物語でも以前に出てきました。沈没したディアナ号に乗っていたワシリー・マホフです。マホフは私と一緒にグレタ号で戸田港から樺太近海まで航行したところでイギリス艦に捕獲され、私は捕虜となりましたが、マホフはすぐに釈放されてペテルブルグに戻っていました。そして、マホフは『フレガート・ディアナ号航海記』という日本旅行記を執筆した後、安政六（一八五九）年のムラヴィヨフの樺太領有交渉の艦隊に同乗して、息子イワンとともに箱館にやってきたのです。

私ゴシケーヴィチとワシリー・マホフは、またもや日本で一緒に仕事をすることとなったわけですが、マホフは当時既に六十歳を超えており、息子のイワンに引き継ぐために一時的に来日していたのでした。父のワシリーは予定どおり一年で帰国しますが、後を継いだ息子のイワンは日露友好のためにとても良いことをしてくれました。

それは、箱館の子供たちのために『ろしやのいろは』という二十ページの綴じ本を編集し、ロシア語のアルファベットや単語にカタカナを付けて日本語訳や挿絵を入れてくれたのです。わずか四百部とはいえ、イワンは箱館のロシア語普及に努力してくれました。しかし、そのイワンも日本の水が合わなかったようで、父の帰国後一年でロシアに帰ってしまいました。

私は母校のペテルブルグ神学大学にイワン・マホフの後任の神父の斡旋を依頼したところ、幸いにも多数の応募者がありました。嬉しいことに、日本への滞在というのは当時のペテルブルグの学生たちにとても人気があったようです。

その中から一人だけが選抜されて文久元（一八六一）年六月に来日した人物が、後にニコライ堂の創建者となるニコライ・カサートキンだったのです。当時二十五歳と若いニコライはゴローニンの『日本幽囚記』を読んで日本に強く憧れていました。

ニコライは箱館に到着してから日本の言葉、歴史、文学のあらゆることを学習してロシア正教の布教の準備をしていきました。特に文学では、日本人でも読むことができないと言われる古事記や日本書紀の原文を読破できるまでになっていきました。私もニコライの面倒をよく見ましたが、当時から勉強熱心で優秀な若者でした。

ニコライは後の明治五（一八七二）年に箱館から東京に移動して神田駿河台に大聖堂を建て、大変な伝道力を発揮してロシア正教の日本版となる日本ハリストス正教会の創始に大きな功績を残しています。今でも東京にニコライ堂が建っていますが、ニコライが創建した当時はもっと大きかったのです。

私ゴシケーヴィチは今でもニコライを日本に呼んだことを大きな誇りに思っています。

# 十六、ロシア領事の帰国（一八六二－一八六五年）

ポサードニク号の対馬退去からは、幕末という時代の日本でロシアの存在が薄くなっていきました。文久二（一八六二）年から私ゴシケーヴィチがロシアに帰った慶応元（一八六五）年までの四年間の主な異国との事件を並べると、

文久二（一八六二）年八月
　生麦事件：薩摩藩士のイギリス人殺し
文久三（一八六三）年五月
　下関砲撃：長州藩のアメリカ、フランス、オランダ船への砲撃
文久三（一八六三）年七月
　薩英戦争：生麦事件に対するイギリス軍艦の鹿児島砲撃
元治元（一八六四）年八月

四カ国連合艦隊の下関攻撃：前年の長州藩の下関砲撃に対するイギリス、フランス、オランダ、アメリカによる報復

となります。イギリス、フランス、アメリカ、オランダの四カ国の国名は出てきますが、「安政の五カ国条約」と呼ばれ、安政期に幕府と修好通商条約を結んだ五カ国の中でロシアだけが出てきません。

これは当時の中心国イギリスがロシアを避けていたということもありますが、ロシアの領事館が政治の中心地から遠く離れた箱館に置かれていたことが大きく影響していたと私は今になって思うのです。

ロシアは明治期の初めまで箱館に領事館を置き続けました。東京に公使館が置かれて函館（明治期に箱館から名称変更）の領事館が閉鎖状態となったのは明治五（一八七二）年だったのです。他の国は安政六（一八五九）年の横浜開港を契機に、領事館を江戸か横浜に移していました。

私たちロシア側が幕末期に箱館から領事館を移転しなかった理由としては、北方貿易を重視して箱館はその中心となっていたこと、そして移転したくても肝心の資金がなかったことなどが挙げられます。しかし、箱館では政治の中心であった江戸や京都の情報がすぐに伝わらず、外交官として機敏な行動ができないというデメリットの方が大きかったのです。

元治元（一八六四）年、病身だった最愛の妻エリザヴェータが箱館で亡くなってしまいます。元治二（一八六五）年一月には私が建てた領事館が火事で焼けてしまいますが、予算がなくて再建もできませんでした。こうした不幸が続き、私は日本で領事を続けることがいやになってしまいました。

ロシア外務省に帰国の希望を言い続けて、私はようやく慶応元（一八六五）年夏にペテルブルグに戻ることができました。帰国の直前に私は総領事に昇進していましたが、もはや未練はありませんでした。七年近くに及ぶ日本での任務がようやく終わったのです。

私はペテルブルグに戻ってから、私を領事に推薦してくれたプチャーチンを訪問して、私の在日領事としての仕事ぶりについて聞いたところ、プチャーチンは次のように答えてくれました。

「ゴシケーヴィチ君、日本での長い勤務、お疲れ様でした。日本で最初の領事ということで、何かと苦労も多かったと思う。

君の日本での仕事ぶりについてということだが、領事館を置いた箱館ではとてもよくやって友好関係を築いていたと思うよ。住民たちには君自身が造船術やカメラの撮影法を教えていたそうじゃないか。またアリブレフト医師の医療技術はすばらしくて患者に頼りにされていたそうだね。

しかし、対馬事件のようなロシア海軍の荒っぽい行動を抑えることができなかったのは残念だったね。これは領事一人だけの問題ではなくて、私が所属していた海軍省と君が所属する外務省がもっと緊密に連絡を取り合って方針を一致させる必要があったということだ。

これはロシア帝国という国家の威信にもかかわる重要な問題なので、私は海軍省にそのことを強く言うが、君は外務省に同じことを言ってくれ」

私ゴシケーヴィチもまったく同じ思いでした。役所間の横のコミュニケーションが重要であることは万国共通のようです。

私が在日領事時代に派遣に尽力したロシアへの留学生のことにも少しだけ触れておきましょう。

箱館にいた長崎出身のロシア語通訳の志賀浦太郎《しがうらたろう》の進言を受け入れて、日露友好のために幕府に申し出て実現した幕府の留学生六人が慶応元（一八六五）年七月に箱館をロシア船に乗って出航しました。長崎、香港、シンガポール、南アフリカを通ってフランスに上陸、パリからペテルブルグまでは陸路で慶応二（一八六六）年二月に到着しました。先に到着していた私が彼らを熱烈に出迎えたのは当然です。

私は留学生たちにロシア語を教えましたが、翌年には外務省を退職して、ペテルブルグの留学生たちと離れることとなりました。私はもともと学者タイプの口下手で、外交官には向いていないと自分でも分かっていたからです。

興味を持った日本語をもっと研究したくて、故郷のベラルーシに戻って『日本語の語源について』を執筆して、日本語の語源となった古代大和朝廷の人々について研究しました。そして私は明治八（一八七五）年に六十一歳で静かに亡くなりました。

このようにロシアに帰国してからの私は他人に伝えられないくらいに平凡な晩年だったわけですが、私が日本滞在時に関係し、その後ペテルブルグに移り住んだ日本人四人はかなりドラマチックな後半生を送っているので、それを紹介しておきましょう。


一人目は一緒に辞典を編纂した橘耕斎です。

私とニコライエフスクで別れた後、橘は辞典編纂の功績が認められてロシア外務省に勤務して、翻訳官をしながらペテルブルグ大学で日本語の教授も務めました。ロシア人女性と結婚して二人の子供も授かっています。

そして駐露公使としてペテルブルグに赴任していた榎本武揚の斡旋で明治七（一八七四）年に十九年ぶりに日本に単身で帰国しますが、その後はロシアからの年金で生活しながら、東京・芝の増上寺の敷地内で隠遁して十一年後に六十五歳で亡くなっています。

橘はペテルブルグ時代の経験を活かそうと思えば日本でいくらでも仕事はあったはずですが、どうして隠遁生活を続けたのかを語らないまま、死んでいったのです。私と知り合う前の経歴も不明で謎の多い人物でしたが、私にとっては橘のお蔭で辞典を出版できた、本当にかけがえのない日本人でした。

二人目と三人目は同時に紹介します。二人とも明治八（一八七五）年にペテルブルグで締結された千島樺太交換条約に関係していたからです。樺太の国境をめぐって幕末にムラヴィヨフの高圧的な動きがあったことはお伝えしましたが、この交換条約で千島列島は日本、樺太島はロシアの領土と明確となり、ようやく樺太島の帰属を平和的に解決することができたのです。

この交換条約は、明治新政府に最後まで抵抗した旧幕臣の榎本武揚が新政府に登用されて実現した条約として日本では有名のようですが、私がお伝えしたいのは、その両国の事務局を担当した二人の日本人なのです。

日本側の事務局として活躍したのが、ロシア留学生六人の一人だった市川文吉《いちかわぶんきち》でした。ペテルブルグにいた留学生たちは幕府が消滅すると市川を除いてすぐに日本に帰りましたが、市川だけはペテルブルグに残ってプチャーチンの自宅に住み続けました。というのは、プチャーチンが安政五（一八五八）年に修好通商条約の締結で江戸に滞在していた時に、市川の父親が幕府の翻訳係をしていて、プチャーチンが父親に世話になっていたからです。プチャーチンは市川の父親への恩義を忘れず、その息子であった市川に報いたのです。

市川は明治六（一八七三）年に岩倉遣欧使節団とともに日本に帰国して外務省に入省、初代ロシア公使となった榎本武揚に随行して千島樺太交換条約の成立に尽力しました。

市川は後に外務省を退官し、東京外国語学校（現在の東京外国語大学）の教授となって、作家となる二葉亭四迷《ふたばていしめい》などにロシア語を教えています。ロシア贔屓の市川は大正六（一九一七）

年のロシア革命で日本に逃れてきたロシア人たちへの援助を惜しまず、八十歳で亡くなるまで援助を続けました。

一方、ロシア側の事務局として活躍したのが箱館の文吉こと、あの日本人キセリョフでした。キセリョフは優秀な成績で大学を卒業すると同時に、私ゴシケーヴィチと入れ替わるようにロシア外務省に入り、本人の希望どおり千島樺太交換条約だけでなく日本とロシアの友好関係に貢献したのでした。

その後もキセリョフはロシアの外交官として活躍して、日露戦争が始まる明治三十七（一九〇四）年の十年前に六十歳で亡くなりました。嘉永七（一八五四）年の箱館での月明かりの夜、ディアナ号に乗船できたおかげで彼なりの充実した人生だったと思います。

こうして、奇しくも二人の文吉が千島樺太交換条約の成立に貢献したわけです。二人の文吉に関係していた私ゴシケーヴィチが交換条約の成立した明治八（一八七五）年に死んだのも何かの縁なのかもしれません。

最後に紹介するのは、コロコリツェフとの子供を産んでペテルブルグに向かった沼津藩士の娘おくめです。おくめはロシア名をエカチェリーナとして、コロコリツェフとの夫婦生活も円満でした。

小柄ながらも才色兼備のおくめはロシア語とロシア文化をすぐに吸収し、いつの間にかペテルブルグ社交界の有名人となっていました。何事も控えめなおくめでしたが、彼女の東洋的な美しさはペテルブルグでは目立っていたのです。

その後、夫コロコリツェフは海軍の技術者として将来を期待されていましたが、明治十(一八七七)年に勃発したオスマン帝国との戦争(露土戦争)に従軍し、不幸にも戦死してしまったのです。

最愛の夫を亡くした妻のおくめは日本に帰国することも考えました。しかし沼津の両親が既に亡くなっていたことに加えて、当時の日本は混血児に対する偏見が強く、コロコリツェフとの間の子供二人のためにロシアに残ることとしたのです。

そして一年後には、ロシア人妻に先立たれていた、あの外交官キセリョフと再婚したのです。ペテルブルグの日本人同士のカップルとして大変な話題を巻き、再婚後はキセリョフの外交官の仕事を陰でサポートしながら、コロコリツェフの子供二人とキセリョフの先妻の子供一人を育てました。

そして、夫キセリョフに先立たれた十六年後にペテルブルグで七十一歳の人生を全うしたのでした。おくめの子供たちは、おくめの死後に起こったロシア革命で厳しい生活を強いられたようですが、おくめ自身は彼女なりに幸せな人生だったと思います。

# 十七、むすび

私ゴシケーヴィチにとって日本での滞在は楽しくもあり、苦しくもありました。前半はプチャーチン使節団の中国語通訳としてディアナ号の沈没を経験し、後半は在日領事としてポサードニク号の対馬事件が起こって対応に苦慮しました。私にとっては大変な時期でしたが、日本の皆さんはやさしい人が多くて、下田、戸田、箱館の皆さんととても友好的に触れ合うことができました。

私が亡くなってからの二十世紀の日本とロシア（革命後はソビエト連邦）は日露戦争、シベリア出兵、シベリア抑留などの不幸な歴史が続いたようですが、この時代に「第二のプチャーチン」、つまり私が尊敬するプチャーチン使節団長のように日本との友好を一番に考えるロシア人が再び現れていれば、そして日本では「第二の川路聖謨」のような立派な外交官が現れていれば、不幸な歴史も大きく変わっていたのかもしれません。

平成三（一九九一）年にソビエト連邦が崩壊してからの新生ロシアは大きく変わってきてい

ます。幸いにして現在のロシア人の日本と日本人に対する印象はとても良好です。

これは、私が関係してロシアに移住した四人の日本人の橘耕斎、市川文吉、箱館の文吉（ロシア名キセリョフ）、おくめ（ロシア名エカチェリーナ）がロシアの都ペテルブルグでとても評判が良かったことも影響していると思うのです。

北方領土という現代も続いている難しい問題はありますが、十九世紀に私ゴシケーヴィチが箱館の領事時代に経験したように、二十一世紀も住民同士の触れ合いを通して日本とロシアの関係が今後、もっともっと友好的に進むことを私の母国ベラルーシから心より祈っています。

# あとがき

この『幕末の大津波』は私の文壇デビュー作品である。還暦を迎えて、ようやく念願がかなったと感慨深いものがある。

ビジネスに明け暮れるサラリーマン生活を送っていた私が五十歳となった十年前に、たまたま本屋で『もういちど読む山川日本史』という本を見つけた。山川出版社の日本史教科書は高校生と受験浪人の時期に利用していたが、私にとって当時の日本史は人名や地名、そして出来事の発生年などを覚えることに必死だった記憶しかなかった。しかし、社会をある程度経験した五十歳となって読み返してみると、それぞれの史実に何らかの因果関係があることが分かって、歴史は面白いと思い始めたのである。

それからは休日に歴史の書物を読むことが楽しみとなった。当時、私は大阪に単身赴任していたこともあって、書物に登場する京都をはじめ関西地方の場所を散策することも休日の楽しみとなっていた。そして歴史の奥深さを知れば知るほど、自分でも歴史小説を書いてみたいと思うようになったのである。

どの時代の何を題材に小説を書くか、私は幕末、ロシア、自然災害の三つをキーワードにした。それぞれについて説明する。

まず幕末。当時に暮らした人々にとっては平和で安定した時代が好ましいのだろうが、後世から歴史として振り返ると、やはり激動の時代が面白い。特に、一つの方向に直線的に進むのではなく遠回りしながら向かう複雑な時代、具体的に言えば南北朝と幕末が面白いと私は思う。南北朝はいずれ取り上げたいと思うが、最初はわずか百五十年前と身近な存在の幕末を時代背景とすることとした。

二つ目はロシア。私事だが、私の息子が日本に留学していたロシア人女性と結婚したのである。彼女と話をすると、考え方が日本人に近く、何より日本や日本人を尊敬してくれているのである。これは彼女だけでなく、一般的なロシア人の日本観のようである。逆に日本人のロシア観というのは概して良好とはいえず、両国はロシア側の片思いと言える状況だと思う。本当は友好的なロシア人を日本でもっと知ってほしいと私は願っている。

三つ目は自然災害。私は大阪で一九九五年の阪神淡路大震災に、東京で二〇一一年の東日本大震災に遭遇してしまったが、それにしても東日本大震災の大津波は大変な衝撃であった。そして、あのような大津波が幕末の日本にも発生していたことを知ったのである。その大津波が原因で船が沈没、新船を造ってロシアに帰国したという感動的な出来事がもっと世の中に知られてよいのではないかと思う。

「私」という一人称の語り部は初代在日領事のゴシケーヴィチとした。ロシア人側から見た方が日本の幕末という時代を国際的に俯瞰できると考えたからである。幕末という時代は国内が激動であっただけでなく、世界的にも大動乱の時代であった。ロシア人の中でもゴシケーヴィチを選んだのは、プチャーチン使節団時代を含めれば約七年間も日本に滞在した人物だったからである。

箱館でディアナ号に乗船してロシアに密航した日本人のキセリョフ、戸田村でプチャーチンの世話をしていたおくめは実在した人物だが、その後の消息はまったく分かっていない。この物語では、キセリョフとおくめがロシアのサンクトペテルブルグで結婚した設定としていることをご容赦いただきたい。

デビュー作品ということで、東京図書出版の編集スタッフに出版に向けてのアドバイスをいただくなど、色々とお世話になりました。感謝申し上げたい。

一作目を書き上げるうちに、次の二作目の構想も浮かんできたので、早速取り掛かっている。そして、できれば一年に一作を書き上げることを目標に頑張っていきたいと思う。

二〇一五年六月

野田　周

# 主な参考文献


『駿河湾に沈んだディアナ号』（奈木盛雄著、元就出版社、二〇〇五年）
『ゴンチャローフ日本渡航記』（高野明、島田陽訳、雄松堂出版、一九六九年）
『ヘダ号の建造』（戸田村教育委員会、一九七九年）
『ロシア軍艦ディアナ号の遭難』（富士市教育委員会、一九九一年）
『プチャーチンと下田』（森義男著、下田市観光協会、一九七七年）
『落日の宴』（吉村昭著、講談社、一九九六年）
『週刊真説歴史の道47号　北前船と択捉航路』（小学館、二〇一一年）
『プチャーチン』（白石仁章著、新人物往来社、二〇一〇年）
『プチャーチン提督』（上野芳江著、東洋書店、二〇〇五年）
『日本とロシアの交流』（尾形征己著、下田開国博物館、二〇〇四年）
『ロシア人の見た幕末日本』（伊藤一哉著、吉川弘文館、二〇〇九年）
『勝海舟と幕末外交』（上垣外憲一著、中央公論新社、二〇一四年）
『《通訳》たちの幕末維新』（木村直樹著、吉川弘文館、二〇一二年）
『箱館開港物語』（須藤隆仙著、北海道新聞社、二〇〇九年）
『ロシアのサムライ』（ヴィタ―リー・グザーノフ著、左近毅訳、元就出版社、二〇〇一年）

『ロシアから来た黒船』（植木静山著、扶桑社、二〇〇五年）
『日本開国』（上巻・下巻）（植木静山著、文芸社、二〇〇九年）
『ペテルブルグからの黒船』（大南勝彦著、角川書店、一九七九年）
『北から来た黒船』（一巻・二巻・三巻）（ニコライ・ザドルノフ著、西本昭治訳、朝日新聞社、一九七七年・一九八〇年・一九八二年）

野田　周（のだ　しゅう）

1955年1月、福岡県生まれ。一橋大学法学部卒業後、民間企業と私立大学で主に人事業務を担当。50歳まではビジネスに没頭するが、以降は歴史に関心が移る。そして、「歴史小説を書きたい」との思いが募り、2013年に文筆活動に入る。

幕末の大津波

2015年8月18日　初版発行

著　者　野田　周
発行者　中田典昭
発行所　東京図書出版
発売元　株式会社 リフレ出版
〒113-0021　東京都文京区本駒込 3-10-4
電話（03）3823-9171　FAX 0120-41-8080
印　刷　株式会社 ブレイン


ISBN978-4-86223-877-1 C0093
Printed in Japan 2015


ご意見、ご感想をお寄せ下さい。

［宛先］〒113-0021　東京都文京区本駒込 3-10-4
東京図書出版